伽古屋圭市

ねんねこ書房謎解き帖
文豪の尋ね人

実業之日本社

実業之日本社文庫

目次

ねんねこ書房謎解き帖

文豪の尋ね人

第一話

餓え死にか、強盗か

――芥川龍之介『羅生門』

外には、唯《ただ》、黒洞々《こくとうとう》たる夜があるばかりである。
下人は、既に、雨を冒して、京都の町へ強盗を働きに急いでゐた。

芥川龍之介『羅生門』――阿蘭陀書房『羅生門』（大正六年刊）所収

一

この街には、紙の匂いがあった。

この街には、文化の薫りがあった。

そしてなによりこの街には、人々の活気があった。

東京神田神保町《かんだじんぼうちょう》――。

大通りには市電が走り、いくつもの古書店が軒を並べていた。店員や客や、多くの人が行き交い、街は活気に溢《あふ》れている。その光景を眺めながら、石嶺《いしみね》こよりは期待と羨望を胸に抱いた。

建ち並ぶ古書店は、どこも道路にまで本が溢れていた。おそらく書店の小僧だろう、青縞《あおじま》の着物に紺の前垂れをつけ、角帯《かくおび》を巻いた、まだ少年と呼べる人たちが立ち働いている。自転車の荷台に山のように本を積んで運ぶ人、本を物色する洋装の紳士、学生服の青年、杖《つえ》をついた老人、さまざまな人の姿が見える。

こよりの肩に誰かがぶつかり、「きゃっ」と思わず悲鳴を上げる。大きな風呂敷包みを背負った青年だった。

「おっとごめんよ、お嬢ちゃん。けど往来で突っ立ってちゃ危ないぜ」

「す、すすすみませんっ」

慌てて頭を下げるが、青年はすでに背を向けて足早に去っていた。そそくさと道路脇に移動する。

昨年の九月一日、関東一円を襲った大震災で、この街も灰燼《かいじん》に帰したと聞く。そのためか、どの店も粗末な仮建築《バラック》だったけれど、昨年末には早くも賑《にぎ》わいを取り戻していたという。大震災以後、古本の需要が急増し、この街は未曾有《みぞう》の好景気に沸いている。そんな噂《うわさ》を聞きつけ、東京を、いや日本を代表する書の街、神田神保町へとやってきた。その噂に嘘《うそ》偽りはなさそうだった。

ここでなら——、こよりは握りこぶしを固める。きっと働き口が見つかるはずだ。希望とともに見上げれば、雲ひとつない見事な蒼天《そうてん》がひろがっていた。

まるで前途を祝福するような青空!

二時間後、こよりは身も心も憔悴《しょうすい》しきっていた。

どこもかしこも「人は足りている」「女はいらない」ばかりで、まともに話も聞いてくれない。十人以上の店員がいる大店《おおだな》も、ひとりか二人でやっている小さな店も同じだった。必要な人員は、どの店も四月に小僧として雇い入れたばかりだ。いくら好況とはいえ六月のこの時期に、新たな人を雇う必要性はどこも感じていない様子だった。しかしそれ以上に、女というだけでどこも門前払いといった雰囲気を感じた。ある程度の苦境は覚悟していたけれど、想像以上にその壁は高い。

先ほど、ここが最後と決めて、十数軒目に入った店では粘りに粘った。結局断られはしたけれど、店主から貴重な情報を聞き出すことができた。

「ああ、そうだ。たしかネコの旦那《だんな》が小僧を募集していたはずだ。唯一いた小僧が急に辞めちまったらしくてな。そこに行けばいい。あいつは変わり者だから、女のあんたでも雇ってくれるかもしんねえ」

聞き出したというより、厄介払い《やっかいばら》いをされたという感じだったが。

で、その「ネコの旦那」とやらがやっている『ねんねこ書房』という店を求めて、猿楽町《さるがくちょう》にやってきた。詳しい場所は教えてもらえず、行けばわかるだろうと来たものの、このあたりは民家が多く、店はあっても書店はまるで見当たらない。通りを歩く人に尋ねても、誰もが首を捻《ひね》るばかり。かれこれ二十分以上、この界隈《かいわい》を彷徨《さまよ》っている。ここに至る時点ですでに疲労困憊《こんぱい》していたので、そろそろ気力も体力も尽きそうだ。

さては先ほどの店主、自分を追い出すためにありもしない店の、ありもしない話をでっち上げたのではないか。

暗い疑心が浮かび上がるとともに、抜き差しならない現実を思い出す。

明日から、どうやって生きていけばいいのか……。

今日にも仕事を見つけないと、飢え死にしてしまうか、道を誤るしかなくなる。

ため息とともに、こよりは道端の小石を蹴る。ンニャ！　と甲高い猫の鳴き声。蹴った石が当たってしまったのかもしれない。

「あ、ごめんね」

咄嗟《とっさ》にあやまるも、赤茶色の縞模様を持つ虎猫は、逃げるように駆けていった。荷車の下に入り込み、そのままふっつりと消えてしまう。

「え？」

こよりは眼をしばたたいた。しゃがんで覗《のぞ》き込むも、間違いなく猫の姿は見当たらない。首を捻りながら荷車に近づき、すぐに合点《がてん》した。狭い路地があったのだ。

建家と建家のあいだの、人ひとり通るのが精一杯の隙間。しかも道を塞《ふさ》ぐように荷車が置かれていたので、この通りは何度も通ったはずなのに、いまのいままでまるで気づかなかった。

「道、だよね……」

つぶやきながら、こよりは暗い路地に眼を凝らした。向こうの方は少し明るいし、どこかに抜けているのは間違いないように思える。雑草は生い茂っているものの、通行に支障もなさそうだ。荷車を少し動かし、その狭い路地へと足を踏み入れた。行っていない場所があるなら、行ってみるしかない。

両肩を擦ってしまいそうな狭さは建家一軒分で終わった。左手はそのまま板塀がつづいているけれど、抜けた先で右手に道がひろがり、二軒の古びた家屋が並んでいた。その先は行き止まりになっている。つまりこの路地は、右手に並ぶ二軒の家屋だけに通じている袋小路《ふくろこうじ》だった。

手前の家の前には、わりと新しそうな黒い自転車が置かれていた。そして小路の先にはさっきの虎猫がいた。こよりを見つめて、にゃっ、と短く鳴くと、奥にある建家の中に入ってゆく。

そこは、書店だった。表口の上に木製の看板が掲げられ、『ねんねこ書房』という屋号が記されている。それを眼にした瞬間、こよりの身体《からだ》は打ち震えた。

ついに、ついに見つけることができた！

喜びというより、安堵《あんど》とともに、こよりはふらふらと店に近づく。担がれたわけではなく、ねんねこ書房は本当にあったんだ。

古い二階家で、一階部分が店舗になっている。間口は二間ほど、だろうか。表口の中央には硝子《ガラス》製の飾り棚《ショーケース》があり、そこにはなぜか招き猫の置物が鎮座していた。飾り棚の左右は大きく開いていて、店内の様子が窺《うかが》える。

失礼します、と口先で小さくつぶやきつつ、こよりはねんねこ書房へと足を踏み入れた。

ほぼ正方形に近いこぢんまりとした店だった。間口以外の三方を書棚が囲み、ぎっしりと本が詰まっている。店が狭いせいだろうか、今日廻ったほかの古書店ほどには新本や雑誌は扱っておらず、ほとんどが古本であるようだった。

店の右奥に帳場があり、腰高の机の向こうには、店主と思《おぼ》しき男の姿があった。そのうしろは床の高い畳の部屋になっている。

そして奥の書棚の前に、背もたれのついた椅子《いす》が一脚、ぽつんと置かれていた。客用の椅子、あるいは上にある本を取るための踏み台だろうか。

店主と思しき男は気難しい顔で本を読んでおり、こよりが入店しても眉《まゆ》ひとつ動かさなかった。年齢は三十前後だろうか。下は机に隠れて見えないが、上は藍色の地味な着物を着ており、衿《えり》もとはだらしなくはだけていた。だらしがないのは髪も同じで、長髪ではないがあちらこちらが四方八方に撥《は》ねている。愛嬌《あいきょう》のある店名とは裏腹に、いかにも無愛想に見える人物だった。

「あの……」

おずおずと声をかけると、男はぎろり、と目玉を向けてきた。けれど声は発さず、しばし気詰まりな沈黙が満ちる。男の放つ不穏な気配に早くも気圧《けお》されそうになりつつ、こよりは勇を鼓《こ》して言葉を継いだ。

「あの、こちらで、てん――」

「断る」

な――！　今日一日で十数回は断られたけれど、さすがに今回が最短記録だ。

「は、話を聞いてください！」

「聞くまでもない。あんたは店員になりたくてここに来た。俺はそれを断った。以上だ」

間違ってはいない。間違ってはいないが、

「お願いします。少しだけでも話を聞いてください。だいたい、わたしが店員になりたくてここに来たってどうしてわかったんですか」

男は土埃《つちぼこり》が舞いそうなほどに盛大なため息をつくと、読んでいた本を閉じて机に置いた。

「まず、あんたは本を物色する様子もなく、入ってすぐに声をかけてきた。つまり客じゃない」

見ていないようでちゃんと窺っていたんだなと感心しつつ、「でも――」と反論する。

「目当ての本があって、その有無を尋ねようとした客だったかもしれませんよ」

「だとしても、本を捜す客ならおざなりにでも書棚を眺めるはずだ。そしてあんたの草履《ぞうり》と足袋《たび》はずいぶんと薄汚れている。今日一日でだいぶ歩き廻《まわ》ったんだろう。身なりも貧相だ。一冊の本を捜し求めるような客筋とは思えない。仮に主《あるじ》の命で本を探している小間使いだったとしても、そのためにこんな外れた場所にある、見つけにくい、小さな本屋にまでやってくるとは思えない。大方あちこちで仕事を求めて断られ、うちで店員を募集していると聞いてやってきたんだろう。『こちらで、てん』まで聞けばほかの可能性は考えられん」

男は滔々《とうとう》とまくし立てた。

細かいところまで見ているなと呆《あき》れるやら、失礼なことをずけずけ云《い》うなと呆れるやら、結局呆れて声が出ない。貧相な身なりで悪うござんしたね。

気を取り直し、こよりは食い下がる。ここが最後の希望なんだ。

「どうして駄目なんですか。店員は募集しているんですよね」

「女はいらない。本屋というのは力仕事なんだ」

今日一日で、何度も聞かされた台詞《せりふ》だ。

「たしかに、わたしは男に比べれば力は弱いかもしれません。でも、きっとお役に立てることだってあります」

「それはなんだ。なんの役に立つ。具体的に教えろ」

ぐっ……。こうなれば作戦変更だ。

「じつは――」泣き顔で、おなかを押さえる。「今日一日、なにも食べていないんです。今日だけじゃありません。この数日、ろくなものを食べてないんです」

昨年の大震災で働いていた店が潰れ、路頭に迷う羽目になった。その後なんとか乾物屋で働かせてもらっていたのだが、薄給で扱《こ》き使われたうえに、水の入った盆をひっくり返して大量の商品を駄目にしてしまい、辞めさせられてしまった。しかも弁償までさせられて！

こよりは我が身の不幸を切々と訴えた。

「おかげで一文なしになってしまったのです。どうか後生ですから、騙《だま》されたと思って雇ってはいただけませんか」

「あいにく騙されたくはないんだ」

「ここでも断られたら、もう身投げするしかありません！　化けて出てきてもいいんですか！」

「大いにけっこう。幽霊妖怪魑魅魍魎《ちみもうりょう》、物の怪《もののけ》のたぐいはいっさい信じていないんだが、後学のためにも本物が見られるのなら見てみたい。ぜひ化けて出てきたまえ」

　この男は鬼か！　悪魔か！

　あまりの取りつく島のなさにおののいたとき、ふと人の気配を感じた。振り返ると、ひとりの女の姿があった。歳《とし》は自分よりも少し若そうな、女学生であってもおかしくはない年ごろに見える。若草色の着物は上物ではないが、自分ほどには貧相でもない。

　咄嗟に「あ、いらっしゃいませ」と口にしてしまい、こよりは慌てて口に手をあてた。先日まで働いていた乾物屋の癖がつい出てしまった。あの忌々《いまいま》しい乾物屋の。

　女は恐縮するように頭を下げると、「あの――」とこよりと店主の男に等分に声をかけた。

「この古書店では、萬相談事《よろずそうだんごと》を請負っていると聞いたのですが、間違いないでしょうか」

萬相談事――？　こよりは眉をひそめる。

「ああ、そちらのお客さんですか」

男は打って変わってやわらかい口調で告げると、「どうぞこちらへ」と店の奥にある椅子に女を誘った。

「それで、どういったご相談で」

「はい――」椅子に坐《すわ》った女が神妙に頷《うなず》く。「兄、俊吉《しゅんきち》のことなんです」

「貴女《あなた》のお名前も伺ってよろしいかな」

「あっ、すみません。わたしは明子《あきこ》といいます。久保《くぼ》明子です」

「ありがとう。自分はこの『ねんねこ書房』の店主、根来佐久路《ねごろさくじ》だ」

男は店名と名前、住所などが印刷された小さな紙、おそらく名刺と呼ばれるものを袂《たもと》から取り出し、明子に差し出した。いまさらながらやっぱり店主だったと確認するとともに、変わった名前の人だなと思う。

なんとなく立ち去るきっかけを失い、こよりはそのまま二人の話を聞くことになった。多少の気まずさはあったものの、店主との話はついていないのだ。まだ退散するわけにはいかないし、席を外せと告げられるまでは構わないだろうと勝手に結論を下した。

明子はしっかりとした口調で、自分たちの現状から話しはじめた。

彼女は兄との二人暮らしなのだという。両親を数年前に亡くし、それからは俊吉の稼ぎで生活していた。裕福ではないが、食うや食わずというほど貧しているわけでもない。俊吉は尋常小学校を卒業後、本郷《ほんごう》にある古書店で小僧として働いている。十人近い店員を抱える、それなりに大きな店らしい。もっとも俊吉を含め大半の店員は外廻りで、店にいることは滅多にない。

「ところが最近、その兄の様子がおかしいのです。毎朝きちんと仕事に出かけるのはこれまでと変わらないのですが、帰りが妙に遅くなる日が増えたんです。それだけならともかく、夕刻に一旦帰ってきたあと、大きな洋燈《ランプ》を持って、夜中に家を出ることもたびたびあって」

「ほお。そのことを俊吉さんに問い質《ただ》したりはしなかったのか」

「問い質すというより、兄自らその理由については語っています。最近忙しくなって仕事が増え、夜中に買い付けに行く機会も多くなったのだと。また、仲間の店員が集まって、夜に勉強会をやるようになったのだとも云っていました。古書市場というのは流行《はや》りも相場も移ろうものなので、常に勉強を怠ってはならないそうで。とはいえ、わたしは働いたことがなく、当然書店の事情にも明るくはなく。率直にお伺いしたいのですが、兄の話は信用できると思いますか」

「ふむ――」佐久路は眼を細め、中空を見上げた。「話そのものに明確な不自然さはないだろう。最近、どこの古書店も景気がいいのは事実だ。仕事が増えて、帰りが遅くなるのは当然のことだからな。勉強会うんぬんも、実際にそういう集まりもあると聞く。ちなみに、俊吉さんの様子に変化が現れたのは、いつくらいからだ」

「今年の四月からです。新しい年度を迎え、店の体制や、自分の立場もいろいろと変わったのだと兄は云っておりました」

「なるほど。それもまたありうることだな。ちなみに、俊吉さんはおいくつかな」

「今年数えで二十三になります」

「ってことは、小僧というより中僧《ちゅうぞう》だね。それで、夜が遅かったり夜中に出かけたりするのは、毎日なのか」

「いいえ、毎日というわけではありません。週に二、三日は自宅にいます。それで最近気づいたんですが、雨の日に出かけることはほとんどないのです。仕事や勉強会であるならば、空模様は関係ないでしょうし、それも引っかかるところです」

「なるほど。しかし、いずれにせよ貴女は、お兄さんが嘘をついていると思っているんだろ」

含むような細目で、佐久路は明子を見据えた。悲しげな顔で、彼女は大きく頷く。

「確信を抱けるほど、明白な理由があるわけではありません。けれど、長年ともに過ごした兄妹《きょうだい》ですからわかります。その話をするときは云い訳のように聞こえますし、言葉に空々しさを感じるんです。兄は、わたしに隠し事をしているとしか思えないのです。

兄はとても頭がよかったですし、真面目《まじめ》な人間だと思います。曲がったことが嫌いで、正義感も強い人です。でも、どうしても不安でならないのです」

「それで相談にやってきたと。たとえば、夜中に出かけるお兄さんのあとを、こっそり追おうとは思わなかったのか」

「考えは、したのですが……」明子は弱々しく笑った。「家を出たあと、兄はしきりにうしろを気にしているふうなんです。つけてこないか警戒しているのだと思います。わたしだとすぐに見つかってしまうでしょうし、なにより……怖いというのもあります」

「そうだな。ご婦人が夜中にひとりで出歩くのは危険だ」

「それもありますが、兄は後ろめたいことをしているのではと思えるのです。でなければ、わたしに隠し事をすることも、警戒することもないはずです。もし兄が善からぬことをしているのだとしたら、それを見てしまうのが怖いのです」

心の裡《うち》を吐き出すような声音《こわね》には、怯《おび》えと切なさが滲《にじ》んでいた。けれど佐久路の言葉は、どこまでも冷静だ。

「しかしここに相談に来たのは、真相を明らかにしたいからだろう。その覚悟はあるのか」

「はい――」腿《もも》の上に置かれた明子の両手に、力が籠もる。「ずっと、どうするべきか悩んでいました。そんな折、萬相談事を請負ってくれる古書店があると教えられたんです。兄が隠し事をしているのは間違いないと思います。真実を知るのは怖いです。けれど、たった二人の兄妹です。もし兄が道理に外れることをしているのならば、止めなければなりません。それがたとえ、わたしのためであったとしてもです。そう、決意して、ここに来ました」

うむ、と佐久路は頷いた。

「それならなにも云うことはない。貴女の依頼、この佐久路が引き受けよう」

「本当ですか！」自らのこぶしをじっと見つめていた明子が、ぱっと顔を上げた。

「ありがとうございます」

「ひとつだけ聞かせてくれるか。俊吉さんが夜、出かけるときは、大きなランプを持っていくと云っていたな。それはずっと家にあったものか」

「いいえ、別のものです。とても立派なランプで、いつ買ったものなのか、わたしは記憶にありません」

「了解した。すぐに謎は解けるだろう。二、三日中に連絡をするから、またここに来たまえ」

「わかりました。それで、その、ご依頼料みたいなものは、いかほどになるのでしょうか」

「心配するな、大金を取る気はない。気持ち程度のものだ。それに調査結果に満足してもらったときだけだから、今度のときでよい」

そうして佐久路は帳面に住所と名前を明子に記入させて、依頼は完了となった。

「それでは、よろしくお願いいたします」

深々と頭を下げ、彼女は店を去っていった。

佐久路は腕を組み、太いため息をついた。こよりもまた、腕を組む。

「なかなか厄介そうな依頼ですね」

ぎろり、と佐久路が睨《ね》めつけてくる。

「貴様、まだいたのか」

「まだ話は終わっていませんから」

「はじまってもいないがな」

「ところで、変わったことをされているんですね」

佐久路は無言で顎《あご》をしゃくった。その方向、奥の書棚の横手を見やると、一枚の紙がひっそりと貼ってあった。

『萬相談事、承り』

それだけが書かれている。もっともそれを見たところで、なぜ書店の主である彼が人々の相談を請負っているのか、さっぱり意味はわからない。とはいえ、いまの状況で聞くのは図々しく思えた。

ふいに妙案が浮かぶ。これを利用しない手はない。

「あの、今回のはともかくとしても、相談事の解決には女がいると役に立つこともあると思うんですよ。ほら、女だから聞き出せることや、女しか行けない場所ってのもあったりするじゃないですか」

「貴様は書店で働きたくてここに来たのか、それとも探偵の真似事《まねごと》がしたくてここに来たのか」

「や、もちろん、書店で働きたくて来たんです」

佐久路は土埃が舞い上がりそうな、今日二度目の盛大なため息をついた。

「君の度胸には恐れ入ったよ。名はなんという」

巨岩がついに動いた！　しかも貴様から君へと、わずかながら格上げされている。

背筋を伸ばし、意気揚々と答える。

「石嶺こより、十八歳です」

「ではひとつ、試験といこうじゃないか。いまのご婦人、久保明子さんの相談は聞いていたな」

こくこくとこよりは頷く。

「では、その謎を解きたまえ」

「はい……？　というのは、つまり、兄の俊吉さんがなにをしているのか、調べろってことですか」

「いや、違う。調べる必要はない。むしろ調べてはならない。先ほどの話に、謎を解くのに必要な情報はすべて含まれていた。そうだな、明日の午前中に、もういちどここに来い。納得できる答えであれば、君を雇ってやる」

「え、そんな……」

話を聞くかぎり、佐久路はすでに謎を解いているふうだ。だけど、本当だろうか。無理難題を押しつけて、体よく断る口実にしているだけかもしれない。

「なんだ、不服か」

いや、違う。彼がそんな卑怯《ひきょう》なことをするとは思えない。もちろん今日会ったばかりで、人となりを知っているわけではない。けれど彼の言葉には微塵《みじん》も疚《やま》しさを感じなかったし、筋を通す人間だとも強く思える。ならば、きっと解くことはできるはずだ。それに、これ以上の好機が巡ってくるとも思えない。駄目でもともと、やるしかない。

「わかりました。やってみます」

「いい返事だ。特別に、ひとつ手がかりをやろう」

佐久路は立ち上がり、帳場から出てきた。下は鼠色《ねずみいろ》の袴《はかま》を穿《は》いている。店内を取り囲む書棚のひとつに迷いなく近づくと、棚から一冊の本を取り出した。

巻いていた帯紙を取り外し、こいつだ、と云って手渡してくる。こよりはわけのわからぬままに受け取った。

鮮やかな檸檬色《れもんいろ》の函《はこ》に入った、六寸ほどの高さの本だった。表の中央に大きく『羅生門《らしょうもん》』と題字があり、右上に「芥川龍之介《あくたがわりゅうのすけ》著」、左下に「阿蘭陀《おらんだ》書房版」と書かれている。読んだことはおろか、聞いたこともない著者と題名の本だった。

「これが、手がかり、なんですか」

状況を摑《つか》めないこよりの問いかけに、佐久路は「そうだ」と力強く頷いた。

「世界の答えは、すべて書物の中に書かれているのだよ」

「…………え？」

いい感じに云われても、やっぱりよく意味がわからない。

咳払《せきばら》いをして、佐久路はつづける。

「こいつは芥川龍之介の短編集だ。読んだことは……なさそうだな。名前を聞いたこともか」

有名な人なんだろうか。知識の乏しさを知られてしまうな、と思いつつ、嘘をつくわけにもいかない。

「すみません。とんとさっぱり」

「まあよかろう。芥川龍之介は夏目漱石《なつめそうせき》門下の作家だ。三十すぎとまだ若いが、多数の短編を発表しており、文壇からも注目されているひとりだ。さて、いま手渡した本の中に、表題作でもある『羅生門』という短編が収められている。そいつをじっくりと読めば、謎を解く手がかりとなるはずだ」

そこまで云って、「あっ、しまった」と佐久路は額を掌《てのひら》で叩《たた》いた。なんだか白々しい動作だ。「これではなかった」と告げ、書棚から別の本を抜き出してきた。一冊目よりもやや小振りなその本を、こよりは再び受け取った。

同じ芥川龍之介の本であるが、今度は『鼻』と題されており、出版社も違うようだ。

「こいつは春陽堂《しゅんようどう》から出た、同じく芥川の短編集だ。こちらにも、同じく『羅生門』という短編が収められている。こちらに載っている『羅生門』を手がかりにしたまえ」

「はあ。では、最初の本はお返ししますね」

「いや。それも参考までに渡しておく。二冊とも貸してやるから、持って帰ってじっくりと読め。答えがわかろうとわかるまいと、必ず明日の午前中に持ってこい。いいな」

「はい。わかりました」

いまひとつ釈然としないところもあったけれど、とにかく云われたようにするしかない。

　こよりは視線を落とし、二冊の本の重みを両手で感じた。

　これらの本にどれほどの価値があるのかはわからない。さほど高価なものではないとしても、このまま持ち逃げされる危険だってあるはずだ。彼にとっては、なにひとつ益のないことなのに。

「ありがとうございます」心から感謝を込めて、頭を下げる。「期待に応えられるよう、精一杯考えます」

「いや、期待はしていない。まったく。微塵も。一厘《りん》も」

　相変わらず手厳しい人だと思いながら頭を上げたとき、ぐぅ、と腹の虫が鳴った。それもかなりの音量で。羞恥が込み上げる。間の抜けた沈黙が横たわる。

「本当に、なにも食ってないのか」

「……はい」

「しょうがない。これも持っていけ」佐久路は机の下から包みを取り出した。「饅《まん》頭《じゅう》だ。たっぷりあるから十分に腹は膨れるだろう」

「あ、ありがとうございます！」今日いちばんの声が出た。

　このお方は神か！　天使か！

「これで腹が減って頭が廻らなかった、なんて云い訳は無用だからな」

慈善的な行為とは裏腹に彼の眼はまるで笑っておらず、冷徹さを宿した表情に、こよりは思わず生つばを呑《の》み込んだ。

二

芥川龍之介の短編集を二冊と、饅頭を持ってこよりは住処《すみか》へと帰った。

安普請《やすぶしん》の長屋は隙間風がひどいものの、この時期だけは快適に過ごせる。隣の夫婦者が毎晩のように喧嘩《けんか》をするので、その怒声だけは季節に関係なく不快だけれど。

卓袱台《ちゃぶだい》の上に二冊の本を置く。この部屋に本が置かれるのは、初めてのことではないかと思えた。たった二冊ではあるけれど、これだけで部屋の格が上がったような気がする。

とはいえ、まずは高尚な文化の薫りより、餡子《あんこ》の薫りだ、食欲だ。お茶を淹《い》れて、饅頭をいただくことにする。

「わ、白栗庵《しろくりあん》のお饅頭！」

包みを開き、こよりは破顔した。小伝馬町《こでんまちょう》にある白栗庵は老舗《しにせ》ではないけれど、そのたしかな味からすこぶるつきの人気となった名店だ。最近では買いたくてもなかなか買えないと聞く。

根来さん、ありがとうございます。

こよりは両手を組んで中空を見上げ、あらためて感謝の念を捧《ささ》げる。

中にはずっしりと重量感のある饅頭が、三つも入っていた。さっそく一個いただく。やわらかく茶色い皮はしっとりとした食感で、中には漉餡《こしあん》がたっぷりと詰まっている。舌の上で餡がとろけ、甘さが身体中に溶けてゆく。疲労と空腹が癒され、比喩ではなく、まさに生き返る心地《ここち》だった。至上の幸福に包まれる。

ひとつだけでも十分な満足感で、人心地ついたところで本に取りかかった。

食い扶持《ぶち》を得られるかどうかの瀬戸際なのだ。心して読まなければならない。

お茶でのどを潤すと、こよりは二番目に渡された『鼻』を開いた。佐久路はこの中の『羅生門』という短編が、明子の依頼を解く手がかりになっているのだと云っていた。

短編『羅生門』は、表題作である『鼻』の次に載っていた。傾きはじめた午後の陽射《ひざ》しを浴びながら、こよりは丹念に活字を追ってゆく。

物語は、あるひとりの男の視点で語られていた。

京都の朱雀大路《すざくおおじ》にある羅生門に男はやってくる。いつの時代かはわからないけれど京の町は荒《すさ》んでおり、下人だった男もまた暇を出され、行く所もなく途方に暮れていた。そして男は悩んでもいた。このままでは飢え死にしてしまう。それを避けるには盗人になるしかない。けれど悪事を働く勇気を持てないでいたのだ。

男はひとまず夜を凌《しの》ぐため、寝床を求めて門の上の楼《ろう》へと上がった。

すると楼には先客がいた。そっと覗き見ると、白髪頭の、痩せた老婆である。彼女は転がる死体の髪の毛を、次々と抜いていた。男はその行為に憎悪を抱く。

男は老婆の前に姿を現すと、なにをしているのかと問い質した。彼女は抜いた毛で鬘《かつら》をつくって売るのだと答える。そうしなければ自分は餓死してしまうし、ここに転がる死体は悪人ばかりだから、髪を抜くくらいは許される行為だというのだ。

その話を聞き、男は老婆に襲いかかる。彼女の着物を剝《は》ぎ取り、こうしなければ己も飢え死にしてしまうのだと云い残し、男は黒い夜へと消えていった。

読み終え、弛緩《しかん》するように、こよりは詰めていた息を吐き出した。

ところどころよくわからない表現や言葉はあったけれど、おおむねそのような話だった。さほど長くはなく、ゆっくりと読んでも二十分はかからないのはありがたかった。

表から届く井戸端会議の話し声に邪魔されつつも、こよりは思考をまとめる。

この物語は、路頭に迷いつつも悪事に手を染める度胸を持てなかった男が、他人の悪事を目撃することで最後の一線を越えてしまう、というふうに読める。罪悪感は、そのときどきの状況によって変化するものでもある。

この話を手がかりとするならば、明子の兄である俊吉は、夜な夜な悪事を働いているとしか思えない。

さらに考えを進める。

主人公の男は老婆の行為に憎悪を抱き、彼女を糾弾《きゅうだん》している。その場面を切り取るならば、義憤に駆られたおこないである。

そうすると、俊吉は夜な夜な悪を成敗しているとでもいうのだろうか。あるいは男が老婆から着物を剝ぎ取ったように、悪人から金品を盗んでいるとか。しかし鼠小僧じゃあるまいし、これはさすがに作り話めいている。

そもそも、なぜ佐久路は謎を解くことができたのだろうか。

明子の語った話を、もういちど頭の中で反芻《はんすう》してみた。

けれど彼女が語ったのは、兄の行動の不自然さだけであり、真相に繋《つな》がる情報が含まれているとは思えなかった。

「んー。どういうことなんだろ」

独りごちながら湯呑みに手を伸ばす。すっかり冷めたお茶を飲んだところで、もう一冊の本の存在を思い出した。最初に渡された『羅生門』だ。

佐久路はこちらを先に渡したあと、これではなかったと云って二冊目の『鼻』を持ってきた。その様子は妙に芝居がかっていて、白々しさを覚えた。それにもし本当に間違えただけであるならば、店の大事な商品を、わざわざ二冊とも持ち帰らせるわけがない。一冊目にも意味があると考えるべきだろう。

こよりは最初に渡された『羅生門』を手もとに引き寄せた。

なんとなく奥付を見やる。阿蘭陀書房の『羅生門』は大正六年五月発行で、もう一方、春陽堂の『鼻』は大正七年七月。わずか一年しか違わない。

ともあれ、阿蘭陀書房版の『羅生門』も読んでみることにする。表題作である短編『羅生門』は、捜すまでもなく一編目に掲載されていた。

最後まで読み、こよりは小さくため息をついた。やはりというか、春陽堂版とまったく同じ作品だった。同じ作者の、同じ題名の小説なのだから当然だ。

けれど……、こよりは佐久路の言葉を思い出す。彼は春陽堂の本を指し「こちらに載っている『羅生門』を手がかりにしたまえ」と云っていた。もしまったく同じであるならば、そのような台詞は成立しないし、そもそも二冊目を渡す必要もなかった。

必ず、違いはあるはずだ。

そしてそれこそが重要なのだと直感が疼《うず》いた。

こよりは二冊の本を並べ、比べながら交互に読み進めることにした。

一言一句確かめながらではなかったので、細かな違いは見逃したかもしれないけれど、結果、大きな違いが二つも見つかった。先ほどはなぜ気づかなかったのだろうと思えるほどの違いだ。

ひとつは、男に咎《とが》められた老婆が、自分の行為は悪くないのだと云い訳する場面である。

先に書かれた阿蘭陀書房版は、台詞ではなく普通の文章として書かれていた。一方で春陽堂版は、話し言葉で、台詞として書かれていた。明確に修正が加えられている。ただし、書かれている内容としてはまったく変わらなかった。

二つ目は最後の一文だった。

着物を剝ぎ取られ、突き飛ばされた老婆が、男の行方を追って楼から門の下を見つめる場面。『外には、唯《ただ》、黒洞々《こくとうとう》たる夜があるばかりである』につづく文章だ。

阿蘭陀書房版は、

『下人は、既に、雨を冒して、京都の町へ強盗を働きに急いでゐた』

春陽堂版は、

『下人の行方《ゆくえ》は、誰も知らない』

となっている。作品の主題にも関わってきそうな、大きな変更だと思える。

鼻から大きく息を吐き出しながら、天井を見上げるようにこよりは伸びをした。久しぶりに、しかもこれほど真剣に文字を追って、慣れない疲労を感じている。けれど充実感のある心地好《よ》い疲労でもあった。筋道立てて推測したとおりに、違いを見つけることができたのだから。

しかし、大事なのはこれからだ。

二杯目の熱いお茶を啜《すす》りながら、考えをまとめる。二冊の本を手渡した以上、佐久路のいう手がかりとはこの差異にあると思える。ここから導き出せる結論とはなにか。明子の兄、俊吉は、いったいなにをしているのか。

と、考える前に、休憩がてら二つ目の饅頭をいただこう。

手を伸ばしたとき、隣の夫人が帰ってくる気配が伝わってきた。商店で店員の態度が悪かったことに、ぶつぶつと文句を云っている。今夜も荒れそうだなと、こよりはげんなりとした。

三

翌日、こよりは再び猿楽町へと向かった。

昨日訪れたねんねこ書房は本当に存在するのだろうかと、足もとの覚束《おぼつか》ない奇妙な感覚が、朝からまつわりついていた。芥川龍之介の短編集はたしかに二冊、卓袱台の上に置かれていたし、白栗庵の包み紙も残っている。けれど、まるで狐狸《こり》に化かされたような不確かな心持ちが、胸の片隅にこびりついていた。

だから昨日通った、建家と建家のあいだの隙間を見つけたときは、「ああ、ちゃんとあった」と知らずつぶやきが漏れた。狭い路地を抜けると、道がひろがり、当然のようにねんねこ書房も存在していた。

——チリン。

鈴の音が聞こえ、こよりは反射的に音のしたほうを見やった。すぐ隣に女の子が立っていて、思わず悲鳴を呑み込んだ。道がひろがったところで、路地からだと死角になる場所だったにせよ、まるで存在に気づかなかった。

女の子は無表情にじっとこよりを見つめていた。歳は十前後だろうか、髪は短く、藍色の地味な木綿を着ている。目鼻立ちが整っており、猫のように淡い瞳が透きとおっていた。人形のようにかわいく、それゆえに漂うそこはかとない不気味さに、こよりは腕が粟立《あわだ》つのを感じた。

まるで彼女だけが世界から浮いているような、異物感。

ただの小さな女の子だと自分に云い聞かせつつ、腰を屈《かが》め、懸命に笑みを浮かべた。

「こんにちは。どうしたの、かな。お姉さんの顔になにかついてる？」

話しかけても、彼女はまったく反応を返さなかった。戸惑いながら言葉を継ごうとしたとき、ふふっ、と女の子は笑った。まるで子供らしからぬ、薄ら笑いと表現してもいい笑みに、ぞくりと肝が冷えた。そして彼女は、今し方こよりが通り抜けた狭い路地へと走り去ってしまった。詰めていた息が、弛緩したように抜ける。

いまの子は、なんだったのだろう……。路地を見つめながら、こよりは自身の身体を抱いた。

ともあれねんねこ書房に向かおう。

そう思って振り返ったことよりは、「ひっ!」と今度こそ悲鳴を上げた。店の前に、さっきの女の子が立っていたのだ。無表情に、じっとこちらを見つめている。けれどすぐに先ほどと同じように薄ら笑いを浮かべると、店の中へと駆けていった。

しばし茫然《ぼうぜん》と佇《たたず》んだあと、

「どういう、こと……」

口の先でつぶやく。

ここは行き止まりで、手前の路地以外に出入口はない。その路地を見つめていて振り返ったのだから、彼女が戻ってくるのを見逃すはずがない。いったい彼女はどこから現れたのか。

右手はねんねこ書房を含む、二軒の家屋が並んでいる。家屋のあいだに隙間はなく、まさか屋根を越えてきたとは思えない。左手は大きな平屋の屋敷があり、奥まですっと板塀がつづいていた。塀を乗り越えるのは不可能ではないとしても、必ず音がしたはずだし、時間的にも無理がある。

大きなため息をつきながら首を振る。これこそまさに狐狸に化かされた気分だった。

　気味の悪さを感じつつ、こよりはねんねこ書房へと足を向けた。店の中にいるならば、女の子に直接聞いてみればいい。教えてくれるかどうかはわからないけれど。店内を覗く。ところが先ほどの女の子はおろか、ひとりの客の姿も見当たらなかった。右奥の帳場に、昨日と変わらず店主の佐久路が坐っているだけだ。彼が顔を上げ、軽く眼を見開いた。

「おお、来たか。逃げなかったのは褒めてやる」

「当然です。働き口を見つけるのが目的ですから」

　こよりは毅然《きぜん》と云い返した。

「自信満々だな。本を持ち逃げして売り払う手もあっただろ」

「貧困に喘《あえ》いではいますが、魂までは腐っていないつもりですよ」

「『羅生門』の男もそうだった」佐久路は、唇の端に厭《いや》らしい笑みを浮かべた。「善人だった彼は、道徳に背く勇気を持てなかった。けれど彼は結局、強盗を働いた。老婆もそうであったように、人は追い詰められればいろんな理由を並べ立て、自分に云い訳をして悪行に手を染める。貧すれば鈍する。人とはしょせん、そんなものだ」

昨日『羅生門』を読みながら、厭な圧迫感を覚えたのは事実だった。主人公である男が仕事を失い、飢え死にか強盗かと迷っているところなどは、自分と重なったりもした。佐久路はそこまで考え、この作品を読ませたのではないかとまで邪推した。

でも同時に、自分は試されているのではないかとも思えた。謎を解くうんぬん以前に、明日きちんと本を持ってくるかどうか。

「そうなのかもしれません。わたしはまだ、そこまで追い詰められていないだけなのかもしれません」

そう返して、こよりは昨日借りた二冊の本を帳場に置いた。「ところで——」と店内を見渡す。

「先ほど、女の子がこの店に入ってきましたよね」

「女の子……?」胡乱《うろん》げに佐久路が首を捻る。「先ほどどころか、今日一日子供の客などやってこなかったぞ」

胡乱に感じるのはこっちのほうだ。こよりはしかめっ面で、佐久路を睨《にら》みつけるように見つめた。

「本当ですか。嘘をついていませんよね」

「どうして俺が嘘をつく必要がある。さっきから君はなにを云っている」

生つばを呑み込む。では、あの女の子は、自分にしか見えていなかったのか。本当にあやかしだったのか。

「おい。どうした」

佐久路の声に我に返る。

「あ、はい。すみません」

「では、試験の答えを聞かせてもらおうか」

「はい、わかりました」

気持ちを切り替えてこよりは頷いた。女の子の話をつづけて頭のおかしい人間だと思われてはいけないし、いまは余計なことに囚《とら》われている場合ではない。

こよりは深呼吸をして心を落ち着けると、ゆっくりと話しはじめた。

昨日の佐久路の言動から、渡された二冊の本の『羅生門』は同じではないはずだと推測したこと。読み比べ、実際に大きな違いが二つ見つかったこと。これこそが謎を解く鍵になるはずだと踏んだことを順番に説明した。

「このうち、老婆の云い訳が台詞になっているかどうかの違いは、重要ではないと考えました。内容としては同じですし、今回の件では意味があるように思えません。

やはり結びの一文の変化こそが、根来さんの伝えようとした手がかりだと結論づけました。作品の印象や、主人公の行く末さえ変わってくる、大きな違いですから」

阿蘭陀書房版は『下人は、既に、雨を冒して、京都の町へ強盗を働きに急いでゐた』。春陽堂版は『下人の行方は、誰も知らない』だ。

「阿蘭陀書房版では、男が悪に染まったことが明確に示唆されています。一方で春陽堂版では、男が果たして悪の道へと堕《お》ちたのか、はっきりとは言及されていません。

根来さんは云いました、春陽堂版の『羅生門』を手がかりにしろと。これは逆に、阿蘭陀書房版は手がかりにならない、と考えることもできます。ここから導き出せる答えは、ひとつしかないと思うんです。俊吉さんは、けっして悪事を働いているわけではない、ということです」

もし、俊吉が「悪事を犯している」という答えを示唆したかったのなら、二冊を渡すような面倒なことをせずとも、どちらか一冊を渡せばよかったはずだ。『羅生門』という作品の主題は、善良だった男が悪に堕ちてゆく姿を描いたものなのだから。

「さらにもうひとつ、この推理を裏づけるものがあります。明子さんは云っていました。俊吉さんは雨の日に出かけることはほとんどないのだと。これもまた、阿蘭陀書房版にある『雨を冒して、京都の町へ強盗を働きに急いでゐた』を否定しているように思えます。晴れの日しかできない悪事、というのもいまひとつしっくりしませんし」

ここまでの推理は、それなりに自信はあった。

「ただ……」こよりの視線が、淋《さび》しげに下がる。「辿《たど》り着けたのはここまでです。では、俊吉さんがなんのために夜な夜な外出しているのか、その理由まではわかりませんでした」

こよりは口を真一文字に結び、悔しげにゆるゆると首を振った。

昨日、いくら考えてもそこには到達できなかった。まさか春陽堂版の結びにあるように「俊吉の行方は、誰も知らない」が答えではないだろう。俊吉の行動理由を見抜いていなければ、悪事を犯してはいないと云いきることはできなかったはずだ。

佐久路はいったいどうやって、そこまで推理できたのか。

腕を組んでじっと話を聞いていた佐久路は、ふむ、と小さく唸《うな》った。

「よかろう。合格にしてやる」

え？　とこよりは顔を上げた。と、いうことは……。

佐久路は相変わらずむすっとした表情のまま、鼻から大きく息を吐き出した。

「男に二言はない。雇ってやる。ここで働きたまえ」

「あ……ありがとうございます！」

こよりは思いきり頭を下げた。

「ただし、しばらくは見習いだ。使い物にならないと判断したら、問答無用で辞めてもらう。それでも構わないな」

「わかりました」

頭を上げ、こよりは神妙に告げた。不満というか、不安ではあるけれど、贅沢《ぜいたく》を云える立場でもない。

「じつのところ『俊吉は悪事を犯していない』が想定していた答えだ。提示した手がかりから読み取れるのはそこまでだからな。その先は知識が必要になってくるし、そこまで求めるつもりはなかった。そういう意味で、君の答えは満点だ」

「そう、だったんですか」

安堵を覚える。だとすれば、思いのほか簡単な試験だったのかもしれない。

「けっして簡単な試験ではなかったはずだ」

まるで心中を見透かしたような言葉を佐久路は告げた。

「重要なのは、結論に至る過程だ。まず当然のことながら、文章を読み解く力が必要になる。さらに俺の言動から、二つの作品に違いがあることを見抜く洞察力。そして与えられた手がかりから結論を導き出す思考力。確かめたかったのはそれらの力であり、商売人には必要な資質だ。けれど、誰もが持っているものではない」

そう云って佐久路は薄く笑った。控え目な笑みではあったけれど、目もとには初めて見る優しさが滲んでいた。

そこまで褒められたのは生まれて初めてではないだろうか。こよりはかすかに感動を覚えた。

「そもそも――」佐久路はつづける。「昨日、明子さんがやってきたとき、君は前の商売の癖だかで『いらっしゃいませ』と云っただろう。本屋らしからぬその対応が、少しおもしろいと思った。それで試してみようと思ったのだ。ともあれ、まだ正式な採用ではない。それは今後の働き次第だ。昨日自ら云ったように、役に立ってくれ」

「はい、がんばります！」

両手を握りしめ、気合いを入れる。働き口を得たことも嬉《うれ》しかったけれど、この風変わりな店や、根来佐久路という男にも興味を覚えはじめていた。

「ところで、ひとつ質問があるのですが」

「なんだ。給金か」

「それも大事ですけど、謎の答えが気になるんです。結局のところ俊吉さんは、夜な夜などこに行っているのでしょう」

「そんなもの、あとをつければわかるだろ」

「それはそうですけど。でも、根来さんは――」

「佐久路でいい」

「あ、はい。でも佐久路さんは昨日の話だけで、真相まで推理できたんですよね。でなければ、わたしを試すこともできなかったわけですから」

「そのとおりだ――」佐久路は唇の端に、笑みを滲ませた。「俊吉さんはある場所に必ずいるだろうと、確信はあった。というか、実際いたわけだがな」

「え……？　と、いうことは」

「ああ。すでに昨晩の時点で確認済みだ。顔がわからないから、結局自宅からあとをつけるしかなかったが、結果は予想どおりだった。請けた依頼は早く片づけるに越したことはないし、貴様が――」

眼光鋭く睨んでくる。

「云いつけを破って、俊吉さんの様子を調べようとするかもしれんからな。それも同時に監視していた」

　まったく信用されていない！　ともあれ、気になるのは答えのほうだ。

「で、俊吉さんは、なにをしていたんですか」

「焦るな。明子さんの家に手紙を投函《とうかん》しておいた。真相がわかったので、今日の午後に来るようにとな。そのときいっしょに話を聞け。二度も説明するような手間はごめんだ」

「わかりました」殊勝に頷く。

　なにはともあれ、無事に雇ってもらうことができた。安堵のため息とともに、ふと視線を上げ、ぎくりと心臓が跳ねた。佐久路の背後につづく奥の部屋に、先ほどの女の子が立っていたのだ。

　無表情にじっとこちらを見つめていた彼女は、ふっ、と静かに微笑《ほほえ》んだ。

　あ、そうか……。得心が落ちてくる。これが座敷童《ざしきわらし》というものか。

　そう理解すると、不思議と恐怖は感じなかった。こよりもまた、彼女に向けて微笑んだ。

「なにをにへらにへらと気持ち悪い笑みを浮かべている」

「え、あ、いや、なんでもないです。あはは」

って、うら若き乙女《おとめ》に向かって気持ち悪い笑みとは失敬な！

四

依頼者の明子が来るまで、佐久路に命じられた雑用をこなして時間を潰した。ぼうっとしていても所在ないし、これで今日から給金が発生するはずだという胸算用もあった。

思いのほか早く、午後になってすぐに明子はやってきた。昨日と同じように帳場の横にある椅子に腰かけ、緊張した面持ちで佐久路を見つめる。

「それでは、聞かせていただけますか」

うむ、と佐久路はしかつめらしく頷いた。

「じつのところ、昨日、話を聞いた時点でおおよそ予想はついていた。そして昨夜、俊吉さんのあとをつけて確認した。結果は予想どおりだったよ」

彼は鋭い眼差《まなざ》しとともに、明子に向けて指を一本立てた。

「昨日の話で、すぐにある推測が立った。俊吉さんは、小学校を卒業してすぐに古書店で働きはじめたと云っていた。そして今年で二十三歳だと。

小学校卒業後に書店で小僧として働きはじめるのは一般的なことだ。そうして七、八年勤め、満二十歳になったところで兵隊検査となる。住み込みの店員は、兵隊検査後には独立し、店を持つことが多い。遅くとも二十三、四までには辞めるのが慣例だ。そして俊吉さんの行動に変化が現れたのは、今年の四月からだという。これだけ条件が揃《そろ》えば考えるまでもなかろう。俊吉さんは今年の三月末で、長年勤めていた古書店を辞めていたんだ」

口を半開きにして、明子は驚いた様子を見せていた。こよりもまた初めて知る話だった。

「さて、長年勤めた古書店を辞したあと、俊吉さんはなにをしていたのか。自ら新しい書店を構えたならば、検討をはじめた時点で明子さんに相談するだろうし、ことさらに隠す理由も存在しない。かといって悪事に走ったわけもない。独立することは納得ずくだったろうし、少なくとも半年、一年前からわかっていたはずだ。雨の日はほとんど出かけない、というのも悪事とは結びつかないしな」

そこで佐久路は、こよりに意味ありげな視線を向けた。雨の日に出かけないことと悪事は結びつかない、という推理は先ほどこよりも展開した。いい推理だったと、褒めてくれているように思えた。

「当然、別の稼ぎ口を見つけているはずだ。十年以上書店で働き、相応の知識も蓄えているのだから、いまさら畑違いの仕事をするとは思えない。そうなると、考えられる選択肢は数えるほどしかない。まず、別の古書店で再び働きはじめた、というのは考えにくい。それが可能だったかどうかはともかく、それなら日々の行動にさほど変化は生じないわけで、夜出かける理由にはならない。せどりをはじめた、というのも同じ理由で却下される」

こよりは咄嗟に口を挟む。

「すみません。せどり、ってなんですか」

ぎろりと佐久路が睨んできて、しまった、と思ったものの、彼はにやりと笑った。

「うむ。いい質問だ。せどりとは本来、新刊書を仕入れることを指していた。しかしいまは古書店を廻って値打ちの本を安く仕入れ、別の店に高く売って利鞘《りざや》を稼ぐ行為をいう。あるいは、せどりを生業《なりわい》とする人のことだ。当然、古書の相場に通じていなければならないし、誰にでもできるものではない」

「そんな仕事があるんですね。初耳です」

「話を戻そう。俊吉さんはランプを持って、夜に出かけるようになった。しかもそのランプは大きく立派なもので、明子さんの知らないうちに買われていたものだという。そうなると、答えはひとつしかなかろう。俊吉さんは、夜店をやっていたんだ」

「夜店、ですか」再びこよりは尋ねた。

「そうだ。神保町の古書店街では、夜になって店が閉まったあと、往来で本を売る夜店が現れるんだ。云うまでもなく正式な店ではない。茣蓙《ござ》や台の上に古本や雑誌を並べ、ランプを掲げる程度の露店だ」

それもまた、初めて知ることだった。眼を見開き、明子が身を乗り出すようにして確かめる。

「兄は、その夜店をやっていたんですね」

「ああ。昨夜、家を出たあと、倉庫代わりに借りたものだろう、小屋から大きな風呂敷包みと茣蓙を持って出てきた。ランプは火災の恐れがあるので、倉庫に入れておくわけにはいかなかったんだと思える。そのあと神保町の往来で、夜店を開いたんだ。並べていたのは和本や版画が多かったな。おそらく店員時代も主にそれらを担当していて、商品は昼間のうちに古書店や市会《いちかい》で仕入れていたのだろう。市会というのは主に書店員が参加できる古書のセリ市のことだ。夜店目当ての客も多いし、知識があれば、それなりに稼ぐことはできているはずだ」

「そうだったんですね……」

つぶやき、明子は脱力するように眼を伏せた。疲れたような、けれど多分に安堵を含んだ吐息を漏らす。彼女は床を見つめたまま、訥々《とつとつ》と語った。

「数年前に両親を亡くしたことは、お伝えしたと思います。それまで兄は住み込みで働いていたんですが、わたしがひとりきりになってしまうこともあり、自宅から通うようになりました。当然のように、我が家の暮らしは兄の稼ぎだけに頼るようになりました。明子は気にする必要はない、と何度も兄は云ってくれました。けれどそのせいで、開業資金を貯《た》めることができなかったのかもしれません。わたしに気を遣わせまいと、店員を辞めたことは云えなかったのかもしれません」

「だろうな。ずっと隠し通すつもりはなかったにせよ、軌道に乗るまでは黙っていようとしたのかもしれん。さて、これで真相がわかったわけだが、どうするつもりだ」

顔を上げた明子は、吹っ切れた表情をしていた。どこかしら嬉しそうですらある。

「兄と、話をします。そして、兄を叱ります。いつまでも子供扱いしないでほしいと。わたしにできることがあれば、手伝いたいですし」

「そうだな」佐久路も満足げに頷く。「それがよかろう。この業界はいますこぶる景気がいい。稼ぐ方法はいくらでもある。兄妹二人で力を合わせれば、なおさらだ」

「このたびは、本当にありがとうございました」

明子は立ち上がり、深々と頭を下げた。佐久路は制するように右手を上げる。

「礼など無用だ。こちらは請けた依頼をこなしただけだ」

「あっ、それでお礼と云いますか、依頼料のほうは」

「そうだな、今回はじつに簡単だったしな――」彼は書棚をぐるりと見渡した。

「うちの本を、三冊ほど買ってくれるか」

「え？　それだけでいいんですか」

「うちは本屋だからな。稼ぎは本で得るのが本道だろう。本だけに！」

それはほんの刹那《せつな》ではあったけれど、張り詰めた沈黙が満ちた。佐久路の咳払いが止まった時間を動かす。

「ただし、ひとつだけ協力してほしいことがある。人捜しだ」

「人捜し、ですか」明子が当惑した様子で答える。

「なに、大したことではない。いまから告げる人物に、心当たりがないかを聞きたいだけだ。捜しているのは女だ。年は三十だが、二十代半ばに見えるかもしれない。背丈は高くもなく低くもなく、普通。輪廓は卵形、目もとは少しきつめの印象で、鼻筋が通っていて、唇は薄め。客観的に見て、器量は好いほうだろう。とまあ縷々《るる》述べるより、これを見てもらったほうが早かろう」

佐久路は足もとに手を伸ばし、机の下から一枚の紙を取り出した。明子に向けて掲げる。

人相書きだった。女性の顔が描かれている。いま告げた人物に相違ないだろう、たしかにとてもきれいな人だった。

真剣な面持ちで人相書きを見つめていた明子だったが、やがてゆるゆると首を左右に振った。

「ごめんなさい。見覚えはないですね」

「そうか。わかった」特に落胆した様子もなく佐久路は答えた。「もし、この人物を見つけたり、心当たりのある人に出会ったら、教えてくれると助かる。こいつは持って帰ってもらっても構わない」

「はい、わかりました。あいにく知り合いは多くないですが、とにかく兄には聞いてみます」

「よろしく頼む」

そう云って人相書きを渡すと、佐久路は爽やかな笑みで頷いた。

彼はなぜ、この女性を捜しているのか。背後にはどういう事情があるのか。この女性とどんな関係なのか。萬相談事を受け付けているのは、この人捜しのためなのか。

いろんな疑問が渦巻いたけれど、さすがに面と向かって尋ねるのは憚《はばか》られた。それにいまは試用の身だ。下手《へた》なことは云わないほうがいい。ただでさえ自分は失敗ばかりするのだから。

そのあと明子はじっくり時間をかけて店内の本を見て廻り、一冊余分に四冊の本を買っていった。生活に余裕はないとしても、彼女なりに感謝の気持ちをあらわしたかったのだろう。

明子が辞去すると、眼を細め、佐久路が声をかけてきた。

「ああ、君、名前はなんだったか」

昨日云いましたけど！

「石嶺です。石嶺こよりです」

「そうか。書店の小僧は、一様に〝どん〟をつけて呼ぶのが習わしだ。敏夫《としお》なら〝敏どん〟といった塩梅《あんばい》だな。そうすると君の場合は〝こよりどん〟になるな」

「ちょ、ちょっと待ってください！」咄嗟に声を上げる。「さすがに〝こよりどん〟はちょっと……」

頬が引き攣《つ》る。かわいげがないうえに、語呂が悪いし、なんの丼かと思われそうな呼び名になってしまうではないか。

「そうだな。女だしな。それじゃあ、こよりくんでいいか」

「あ、はい。それでお願いします」

「では、こよりくん。あらためて、よろしく頼む。明日からがんばってくれたまえ」

「はい。こちらこそよろしくお願いします！」

こよりは勢いよく頭を下げた。

ん？　地面を見ながら思う。いま「明日から」って云ったよね。てことは、さっきこなした雑用は、もしかしてただ働きですか。

第二話

美しい愛の物語

——黒岩涙香『幽霊塔』

顔は七部通りまで愛情の標準にもなる、大抵の愛は顔を見交したり又は顔に現れる喜怒哀楽を察し合たりする所から起こる者だ、若《も》し秀子の様な美しい顔が美しい心の目録でないとすれば、全く人間の愛情や尊敬などの標準は七部まで破壊されて了《しま》ふではないか

黒岩涙香『幽霊塔』——扶桑堂（明治三十四年刊）

一

母親が優しく揺り動かしてくれている。

――こより、朝よ。早く起きなさい。

やがて顔を踏んづけ、叩いてくる。

――早く起きなさい。ほら、早く！　いつまで寝てるの！　んにゃー。

んにゃー？　疑問符とともに瞼《まぶた》を開けると、眼の前には赤茶色の猫の顔があった。

思わず「やっ！」と叫び声を上げてこよりは身じろぐ。同時に猫が俊敏に飛びすさり、抗議の鳴き声を上げた。

蒲団《ふとん》からゆるゆると上半身を起こす。

ああ、そうだ。ようやくこよりは現状を理解した。

袋小路には二軒の建物が並んでいた。ここはそのひとつ、ねんねこ書房の隣にある建家である。基本的には店の倉庫として使われているのだが、二階には寝泊まりができる小僧用の部屋も用意されていた。昨日佐久路から「使いたいなら使ってくれていい」と云われたので、さっそく身の廻りの品を持ってきて、物は試しと泊まったのだ。普請はこちらのほうが立派だし、間代《まだい》もかからない。加えて、隣の夫婦喧嘩や騒音に悩まされることもなく、久しぶりに快適な夜を過ごすことができた。いいこと尽《ず》くめだ。

ただし……、こよりは大きなあくびをして、猫を睨む。ずいぶんと早い時間に叩き起こされるようだ。虎猫は再び、んなー、と抗議するような鳴き声を上げた。

一階に下りて、倉庫に使っている大部屋の時計を見ると、朝の五時半をすぎたところだった。猫に朝飯をやるため、聞いていたとおりに茶簞笥《ちゃだんす》から豆や芋を取り出し、玄関土間の器に入れてやる。彼は礼も云わずにがっつきはじめた。とはいえ雄猫かどうかはわからないし、名前も聞いていない。あるのかどうかも知らない。

「ふぁあぁ……」

こよりはもういちどあくびをした。いまから二度寝をすると、確実に寝坊するだろうなと思いつつ、積み上がる書籍の山を見渡した。

本屋の倉庫で猫を飼っても大丈夫なのかしらん。

こちらの倉庫と店のある母屋は、一階の奥の部屋で繋がっている。

云われたとおり、七時半に板戸を開けて母屋のほうに向かった。店の奥にある、六畳間に出られる。押入があって、文机《ふづくえ》や卓袱台が置かれ、小さな箪笥のほか、そこかしこに本が積まれている。階段も設置されていて、ちょうど佐久路が下りてくるところだった。彼は母屋の二階で起居しているようだ。

挨拶を交わし、さっそく仕事に取りかかる。

大通りにある古書店は朝の八時から店を開けているところも多いようだが、ここでは九時が開店時間となる。ちなみに夜も九時までだ。

「せっかくだし、そろそろ補充をしておこうか」と佐久路は告げ、倉庫から店へと本を運ぶことになった。なにが「せっかく」なのかはさっぱりわからない。

わかってはいたことだけれど、本は重い。とにかく重い。数が増えると尋常でなく重い。足し算ではなく、掛け算で重量が増しているんじゃないかと訝《いぶか》しむくらい重い。厭がらせのように重い。

とはいえ、ここで見切りをつけられるわけにはいかないので、云われるがままに必死に運ぶ。大丈夫、力仕事は慣れている。

「よし、これくらいでいいか。こよりくん、大丈夫か」

「ふぁ、ふぁい……。ざ、ざいろうぶれす」

ぜんぜん大丈夫じゃない。腕がもげそうだし、腰も痛い。泣きそうだ。

まずは奥の部屋に運ばれた本たちは、ここで値をつけた帯紙をつけ、店頭に並べられる。のだが、その作業はさておき、まずは店番ができるようにと指導を受けた。

ありがたいことに、これは特に難しいことはなかった。書かれている値段どおりにお金を受け取るだけだ。そして売上げは帳面につける。通称「古物台帖《こぶつだいちょう》」と呼ばれるもので、警察によって記入と保存が義務づけられているらしい。

ただ、それ以上に大事な役目は万引きの防止だと、佐久路は真剣な面持ちで語った。本屋で万引きを働こうとする者は、とにかく多いらしい。年齢や性別、身なりや雰囲気にも騙されてはいけないと念を押された。若者や見窄《みすぼ》らしい人物だけでなく、婦人や、一見裕福そうな紳士でも油断してはならない。とかく世知辛い世の中である。

そうこうしているうちに開店時間となった。

さっそく店を任される。もっとも帳場に坐るのはこよりだが、すぐうしろの六畳間に佐久路は控えているので、なにかあったらすぐに呼べと云われている。

さあ、記念すべき初日のお仕事、がんばるぞ！

両こぶしを握りしめ、こよりは気合いを入れた。

暇だ……。

まだ春の気配を残した麗《うら》らかな陽射しが差し込む午後、こよりは虚《うつ》ろに書棚を眺めていた。ひとまず客のいない時間は書棚を見て、題名と著者名、そして値段を少しでも覚えろ、と云いつかっていた。

それにしたって、客が少なすぎる！

午前九時の開店から、現在午後三時に至るまで、やってきた客は七人。約一時間にひとりだ。来店した人数を難なく数えられるのが普通はあり得ない。全員の風貌だって思い出せる。うち、本を買っていったのは三人だけ。本日の売上げは現時点で二円四十銭だ。

奥の部屋の壁には電話機があるけれども、こちらもまるで静かなものだった。

仕事が楽なのはいいとしても、これで商売が成り立つのか、本当に給金が払われるのかと不安になる。だいたい、こんな誰も気づけない、ふらりと一見客《いちげんきゃく》のやってこない立地で、客商売がやっていけるとは思えない。もう少し考えようよと腹が立ってくる。むしろこんな辺鄙《へんぴ》な本屋をよくご存じでしたねと、来店した七人の客を褒め称《たた》えたくなる。

奥の部屋で値付けの作業をしたあとは、ずっと文机に向かって書き物をしていた佐久路だったが、一時間ほど前に「ちょっと出かけてくる」と店をあとにした。初日にして、ひとりきりにされても特に不安を感じないのがすごい。

暇だと時間が遅々として進まず、かえってくたびれる。適度に忙しいほうが、いつの間にか時間がすぎているので楽な気がする。ともあれ客の少なさに文句を云っても仕方がなく、云いつけを守り、少しでも書名と著者名を覚えようとするのだけれど、頭が廻らずまるで入ってこない。

そのとき店先に人の気配を感じ、「いらっしゃいませ！」と喜色を弾《はじ》けさせた。ようやく八人目のお客さんだ。

人影に視線を向けたこよりの顔が固まる。そこには昨日店の前で見かけた、どこかしら浮世離れした雰囲気の女の子が立っていた。

座敷童――。昨日抱いた言葉を思い出す。彼女は人形のような顔に子供らしからぬ微笑を浮かべ、悠然と脇を通り抜けてゆく。畏怖のようなものを感じて固まっていたこよりは、はっと我に返って振り返った。すでに女の子の姿は見当たらなかった。

詰めていた息を吐き出しながら、再び店先へと視線を戻したこよりは、「ひっ！」

と口先で悲鳴を上げた。先ほどとまったく同じ場所に、まったく同じ女の子が、まったく同じ表情と姿勢で立っていたのだ。昨日といっしょだった。どう考えても戻る時間はなかったし、そばを通り抜けたとして見逃したはずもない。

先ほどと同じように、彼女が微笑を浮かべたまま足を踏み出しかけた瞬間、さらに大きな影が現れた。佐久路だ。女の子の頭にぽんと手を乗せ、「お帰り。なにやってんだ」と声をかける。

「み、見えるんですか！」

思わず叫んだこよりを、佐久路は不審そうに見つめた。

「どうした。暇すぎて頭がおかしくなったか」

「いやいや、その女の子、佐久路さんにも見えるんですよね」

再度問いかけると、女の子はけらけらと笑いはじめた。笑い声はすぐさま別の方向からも聞こえてくる。振り返ると奥の部屋にも女の子がいて、同じように笑っていた。

「お姉ちゃん」「おもしろーい」

二人の声が、包み込むように響く。笑い声がぐるぐると頭の中を廻り、眩暈《めまい》に似た喪失感にこよりは襲われた。

二

「こっちが佐良《さら》、こっちが久良《くら》だ」

紹介されても、どっちがどっちかわからない。それくらい二人は瓜二《うりふた》つだった。

「ちょっと待ってくださいね」

店内にある椅子に坐って、こよりは右手を上げ、左手を額にあてた。眩暈で倒れはしなかったものの、まだ頭がくらくらする。ゆっくりと考えをまとめる。

二人は双子だった。あやかしでも座敷童でもなく、ちゃんとした人間の女の子だった。名前からしても、この店に勝手に出入りしていることからしても、二人は佐久路の子供なのだろう。そうとわかれば、昨日の出来事も、先ほどの出来事も、なにひとつ不思議なことはない。見分けのつかない女の子が二人いたため、まるで瞬間的に移動したように思えただけだ。

ただし、それでもひとつ合点のいかないことがある。雇い主なので睨みつけるわけにはいかないけど、なるべく批難の色を込めて佐久路を見やる。

「昨日、この店を再訪したとき、わたし聞きましたよね。ここに女の子が入ってこなかったかと」

「ああ。聞かれたな」

「そのとき佐久路さんは女の子など見なかったと、はっきり云いました。嘘を、ついたんですね」

だからこそ彼女は自分にしか見えていない、あやかしのたぐいかと思ったのだ。

「言葉で告げてはいないがな」と佐久路は眼を細めた。「女の子は見ていないと、たしかに態度で否定した。そのあと、こうも云ったな。今日一日、子供の客もやってこなかったと」

「そうです、そうです」

佐久路の子供であれば、たしかに客ではないかもしれない。けれど、最初の否定は明らかに虚偽だ。

「しかし嘘はついていない。女の子を見なかったのは事実だからな。なにしろ昨日、君が来る前に店に入ってきたこいつは、男の子だからな」

ひとりの頭を優しく撫《な》でる。こよりは「へ？」と間の抜けた声を出した。

「二人とも、男の子、なんですか」

「いや、違う。男はこいつだけだ。こっちは女だ」

右手と左手で、順番に子供たちの頭を軽く叩いた。

「つまり、男の子と女の子の双子」

「そのとおり。佐良が姉で、久良が弟だ。男女の双子というのは、少ないが聞かない話でもない。だが、ここまで似ているのは珍しいかもしれないな」

にーっと笑う二人の顔を、しげしげと眺める。性別が違うとはにわかには信じられないほど、二人は似ていた。というより、久良が女の子にしか見えない。

「とはいえ――」と佐久路がつづける。「まだ子供だからな。そのうち違いが出てくるだろう」

「ちなみに、おいくつですか」

「十歳！」

佐久路に聞いたつもりだったが、佐良と久良が揃って大声で答えた。次いで二人は佐久路に向けて「もういいよね」と問いかけた。

「ああ。昨夜も云ったが、あんまりからかってやるなよ」

「わかってる」「じゃあな、こより」「仕事がんばれよ！」

慌ただしく佐良と久良は店の奥へと去ってゆく。なんでそんなに偉そうなんだ。

店主の子供だから強くは当たれないけど。

　ともあれ、昨日といい先ほどといい、明らかに二人は無機質な表情をつくっていたし、二人で示し合わせて自分を騙そうとしていたのは間違いない。それに――、今度こそこよりは佐久路を睨みつけた。

「なんだか巧《うま》くごまかされそうになりましたけど、やっぱりおかしいですよ。たしかに女の子ではなかったですし、佐久路さんは嘘はついていないかもしれません。でも、わたしが久良くんのことを云っていたのはすぐにわかったはずです。それなのに怪訝《けげん》そうな顔をしてましたよね」

「無駄に記憶力のいい奴《やつ》だな」ぼやきながら佐久路は帳場に坐った。「何度もやめろと云ってるんだが、よく路地から入ってきた客を騙して遊んでるんだ、あいつら。昨日、こよりくんがいつものいたずらを仕掛けられたのはすぐにわかった。ただ、君は客じゃなかったからな。たまにはあいつらのいたずらに乗ってやるかと、とぼけたままでだ。すまなかった」

　佐久路の顔には可笑《おか》しみが滲んでいたけれど、真正面からあやまられると恐縮してしまう。

「いえいえ、べつに怒っているわけではないですから」

慌てて両手を振る。こう見えて、意外と茶目っ気のある人なんだな、などと思っていると、再び店先に人影を感じた。今度こそ八人目の客かと、

「いらっしゃいませ！」声を張り上げる。

立っていたのは瓜実顔《うりざねがお》の三十前後の男だった。絽羽織《ろばおり》姿で、頭にはソフト帽をかぶっている。着物も羽織も仕立てがよく、いかにも生活に余裕の感じられる人物だった。

男は帽子を取って丁寧にお辞儀をしたあと、ゆっくりと店内に視線を巡らせながら入ってきた。

「こちらで、萬相談事を請負っていると聞いたのですが」

「あっ、はい」

そちらのお客さんだったか。こよりは「どうぞどうぞこちらに」と男を椅子へと案内した。

「それで、今日はどのようなご相談でしょうか」

「どうして君が仕切っている」佐久路が据えた眼を向けてくる。

「とにかく仕事がしたくて」

「勝手に進めるんじゃない――」佐久路は名刺を取り出し、男に差し出す。「自分

がこのねんねこ書房の店主、根来佐久路だ」

「ありがとうございます。私は大間田友蔵《おおまだともぞう》といいます」

彼もまた名刺を取り出し、佐久路に渡した。きっとそれなりに役職のある仕事をしているのだろう。

「では、相談事を聞かせてくれるか」

「はい。じつは、ある女性を捜してほしいのです」

佐久路の頬がぴくりと反応したが、次の瞬間には普段と変わらぬ気難しい顔に戻っていた。

「なるほど。詳しく聞かせてもらおう」

友蔵は深く頷き、話しはじめた。

「彼女とは、仕事で名古屋《なごや》に行ったときに出逢ったのです――」

友蔵は父親の興した製紙会社で働いているという。株式会社で、工員も含めれば従業員が二百人を超える大会社だ。名古屋へは大口の取引のために赴いた。

名古屋駅に着いたものの、先方との約束にはまだ早い。そこで駅の近くにあった書店に立ち寄ることにした。

「その店で捜していた芥川龍之介の本を見つけましてね。購入したんです」

「芥川龍之介！」こよりは叫ぶ。「いいですよね、芥川龍之介」

「おお、さすがは書店で働いているだけある。貴女もお好きですか」

「当然です。特に『羅生門』は傑作ですよね」

それしか読んだことはないけど。

訳知り顔で答えるこよりを、佐久路がじっと白眼で見ている。貴様はつい先日知ったばかりだろう、と心の声が聞こえるが、話が逸《そ》れるのも七面倒だと思ったのか口は挟まなかった。友蔵がつづける。

「それで本を買って店を出たのですが、約束の時間まではまだけっこうあります。どこかで珈琲《コーヒー》でも飲んで時間を潰そうかと歩いていたとき、建物に挟まれた狭い路地に、倒れ込むようにうずくまる女を見つけたんです。ただならぬ様子で、思わず声をかけました」

友蔵はそのときの情景を思い出すように、沈痛な表情を浮かべた。


「君、大丈夫か」

友蔵が声をかけると、紺木綿の粗末な着物の女が、ゆるゆると顔を上げた。顔はやつれ、化粧気はなかったが、その整った相貌に友蔵は驚いた。まるでごみ捨て場に可憐《かれん》な花が咲いているような、場違いなもったいなさを感じた。左の頰骨あたりには、まだ真新しい痣《あざ》がついていたが、それとて彼女の美貌を損なうものではなかった。

とりあえず意識は問題なさそうだったので、さらに問いかける。

「どうした。癪《しゃく》にでも襲われたか」

「いえ、そうでは……」

女は眼を逸らし、消え入りそうな声で答えた。云い淀《よど》む彼女を促すと、ようやく気恥ずかしそうに答える。

「じつは、ずっとなにも食べていませんで、空腹と疲労で……」

「なんだ、そんなことか。ちょっとこれを持っててくれるか」

今し方買った本を女に預け、鞄《かばん》を漁《あさ》る。駅で購入したものの、あまり旨《うま》くはなかったため、ほとんど手をつけなかった駅弁のおむすびがある。名古屋に着いたあと捨てようと思いつつ、忘れてそのままになっていたものだ。

「残り物で悪いが」

差し出すと、本当に貰《もら》ってもいいのかと女は不安そうに尋ね、遠慮する必要はないと友蔵は押しつけるように渡した。彼女はその、さほど旨くもないおむすびを泣きそうな顔で頬張った。よほど腹が減っていたのだろう、二つの大きなおむすびをぺろりと平らげる。水筒のお茶も飲み干したあと、女は地面に這《は》いつくばるように深々と頭を下げた。

「誠に、誠にありがとうございます」

「おむすび程度でそんなに感謝されると、かえって居心地が悪い。気にするな」

この程度で顔のやつれが回復するわけではないだろうが、人心地ついた彼女の相貌は、最初の印象にも増して美しいものだった。

「ところで——」と女は鞄を指さした。「先ほどのご本、芥川龍之介さんのものでしたよね。お好きなんですか」

「ああ——」鞄にしまっていた本を取り出す。「熱狂的、というわけではないが、好きな作家のひとりではあるかな」

貧相な身なりで、学があるようには見えないが、芥川を知っていることに少し感心する。

「じつはわたし、十年くらい前ですけど、芥川さんにお逢いしたことがあるんですよ。抱きかかえてもらって、すごく嬉しかったのを覚えています。わたしは子供で、知っているわけではなかったんですけど、やっぱり普通の大人とは雰囲気が違うなと感動した覚えがあります。有名な作家先生だと聞いていたから、かもしれませんけど」

そう云って小さく笑った彼女に、魅入られているのを友蔵は感じた。歳は十八、九と思えるので、十年前なら小学生だろうか。

「名前を、教えてくれるか」

女は視線を地面に這わせ、

「おハルと、いいます」

と小さく答えた。少し失望は感じたが、無理に本名を聞き出すのも無粋に思えた。

「差《さ》し支《つか》えなければ、事情を教えてはくれまいか。街中で、空腹で倒れるなど尋常なことではあるまい。袖振り合うも多生《たしょう》の縁。内容次第だが、私にできることであれば手助けするのも吝《やぶさ》かではないつもりだ」

そのままじっと地面を見つめていたおハルは、ぽつりと、朝露がこぼれるように言葉を発した。

「わたしは、脱獄をしてきたんです」

「脱獄？」友蔵は驚きの声を上げた。

「脱獄みたいなもの、という意味です。もしかすると、監獄より地獄に近い場所だったかもしれません」

そう云っておハルは薄く笑った。若い娘だとは思えないほど、辛苦の滲む儚《はかな》げな笑みだった。

「わたしは一宮《いちのみや》という町に生まれ育ちました」

「たしか、名古屋の北にある町だったか」

「あっ、はい。そうです。家は農家で、兄弟も多く、食べてゆくのがやっとという生活でした」

二年ほど前、おハルが十六のときに紡績《ぼうせき》工場の女工として名古屋に行くことが決まった。前金として数十円が家族に支払われ、それはそのままおハルの借金となって、工場に縛られる仕組みになっている。

事前に聞いていた話とは違い、工場はひどいところだった。長時間労働は当たり前で、特につらいのが湿気と暑さである。夏はまさに地獄だった。寄宿舎では狭い部屋に十数人が押し込められ、不衛生で、虱《しらみ》が湧き、重労働なのにろくすっぽ栄養は摂《と》れず、倒れたところでまともな治療は受けられない。仕事で失敗をすれば容赦なく折檻《せっかん》され、女工同士のいがみ合いも日常茶飯事。差し出す手紙は検閲されるので現状を訴えることもできず、薄給で扱き使われ、なにかと理由をつけて給金は差し引かれ、借金は遅々として減らない。

感情を露《あら》わにするでなく、おハルは淡々と語った。それがなおさら二年間の過酷さを想起させ、友蔵は胸を痛めた。

「昨日も失敗をしてしまい、班長から叱責され、厭がらせのように噴霧器の真下の台をあてがわれました。湿気がひどく、いちばん過酷な場所です。これからますます暑くなり、またあの地獄のような日々が訪れるのかと考えると、もう心が限界でした。それで昨夜、着の身着のままで寄宿舎から逃げ出したんです。けれど逃げ出したところでお金はなく、食べることも、家に帰ることもできず……」

資本家側の人間として、身につまされる話だった。それにしても彼女の働く工場の待遇はひどすぎる。いや、おそらくはその工場だけの問題ではないのだろう。いずれにせよ話を聞きながら、彼女を救ってやりたいと、たしかな決意が溢れ出た。

ただ……、友蔵は舶来の腕時計に眼をやった。先方との約束の時間が近づいている。助けるにしても、どういう方策が最良なのか、彼女の意思を含めて話をせねばならない。

「率直に云おう。君の話を聞いて、私は心を動かされた。ここで出逢ったのも運命のように思える。君を助けたいと考えている」

「本当、ですか……」

おハルが縋《すが》るような眼で見つめてくる。友蔵は笑みを浮かべ、深く頷いた。

「ああ、約束する。しかし、これから仕事の約束があるんだ。そうだな……」再び腕時計を見やる。「午後三時に、もういちどここで逢えるか。そのあとあらためて、ゆっくりと話をしよう」

返事がなく、おハルに眼を向けると、彼女は壁の一点をじっと見据えていた。どうした、と声をかけると、我に返ったように身体をびくりと震わせた。

「すみません。本当にありがたいお話で、なんとお礼を申せばよいのか」

「まだ礼を云うには及ばん」

「それで、その、大変不躾《ぶしつけ》であるのは承知しているのですが、その前にひとつだけお願いがあるのです」

「なんだ。云ってみろ」

「はい。ひとまず、四円五十銭ほど貸していただくことは可能でしょうか」

友蔵はわずかに眉根を寄せた。

「それは、いますぐに、ということか」

「はい、そうです」

「そんな大金を、なんに使うつもりだ」

友蔵にとっては小遣い銭と云える程度のものだが、見ず知らずの人間に易々《やすやす》と貸し与えられる額ではない。

「それが、じつは……」

云い訳をするように、おハルはぼそぼそと語った。

先刻、あまりの空腹に耐えかね、屋台で売っていた蒸《ふ》かし饅頭を受け取って、お金を払わずに逃げようとした。しかし疲労で足が動かず、金物屋の店先で台にぶつかって転倒してしまった。屋台と金物屋の主人に捕まり、饅頭だけでなく、破損してしまった商品の弁償代として四円五十銭を請求されたらしい。左頬の痣は、そのときについたものだという。

幸い二人とも鬼ではなく、おハルが無一文だとわかって不問に付してくれた。けれど、心から申し訳なく思っている。警察に突き出されなかったお礼も兼ねて、きちんとお金を持っていってあやまりたいのだという。

話を聞き、友蔵は訝しんだ。

いまひとつ語り口に真実みが感じられなかったからだ。ただ、金を騙し取ろうという作り話だとも考えにくい。

先ほど彼女の語った境遇は真に迫っており、口から出任せだったとは到底思えなかった。友蔵の申し出は、彼女にとってまたとない僥倖《ぎょうこう》、天から垂れた蜘蛛《くも》の糸であるはずだ。自身の救済を眼の前にして、嘘をつくような危険を冒すとも思えない。

しばし黙り込んだ友蔵を見て、おハルは焦った様子で懐に手を差し入れた。

「あの、信じてもらえるかどうかわかりませんが」

そう云って封筒を取り出すと、中からひとつの簪《かんざし》を取り出した。

「これは母親の形見なんです。高価なものではありませんが、わたしにとっては心の底から大事なものです。担保代わりに、これをお渡しいたします」

友蔵は黙って受け取り、あらためた。精緻《せいち》な花の細工の施された簪だった。けっして安くはない逸品だが、四円五十銭分の担保には届かないだろう。しかし、簪の価値はこの際関係なかった。

「わかった。いいだろう」友蔵は力強く云って、財布から色をつけて五円を取り出し、無造作に差し出した。「弁償し、そのあとお湯にでも行って身体を休めたまえ。まだ小腹が減っているのなら、飯を食うのもよかろう」

この金を持って逃げられたなら、それまでのこと、という割り切りはあった。

おハルは一瞬信じられないように眼を見開いたあと、何度も何度も礼を云って紙幣を受け取った。もういちど約束の時間を確認し、そうして友蔵はひとまず立ち去った。

おハルと出逢った経緯を、友蔵はじっくり丁寧に語った。

まるで優れた講談を聞いているように、こよりは話にのめり込んだ。人前で話すことに慣れているのか、彼の語り口はわかりやすく、臨場感も伝わってくるものだった。

最初、彼は「ある女性を捜してほしい」と云っていたはずだ。それはきっとおハルのことだろう。話がどのような結末を迎えるのか、興味津々で促す。

「それで、友蔵さんは約束の三時に、おハルさんと出逢った路地へと戻ったんですよね」

「そうです。実際はかなり余裕を持って指定していたので、約束の三十分前には戻ってきました。しかし、おハルはいませんでした。三時になっても、彼女は現れませんでした」

その後、三時半まで待ってみたが、やはりおハルは姿を見せなかった。悲しみ、というより虚《むな》しさを友蔵は覚えた。やはり彼女は、目先の金に眼が眩《くら》んでしまったのか。ともあれこれ以上待っていても仕方がないと判断し、友蔵は東京へと戻った。

「けれど、それからもずっとおハルのことが気になって仕方がないのです。忘れようと努めても、日増しに彼女の姿が思い浮かぶのです。それに、約束の時間に彼女が現れなかったのは、不可抗力だったのかもしれないと気づきました。逃げ出した彼女のことを、紡績工場の人間は当然捜していたはずです。彼らに見つかり、無理やり連れ戻されたのではないかと。あるいは事故など、不測の事態に巻き込まれた可能性もある。

それで東京に戻ってきて五日ほど経《た》ったころ、このまま悶々《もんもん》としても仕方がないと、おハルを捜すことにしました。個人的に人を雇い、名古屋周辺にある紡績工場を片っ端から調べさせました。しかし手がかりは『おハル』という名前だけですし、どこもかしこも女工の情報についてはいっさい教えられないの一点張りで」

「だろうな」佐久路は頷く。「彼女らの待遇が非道であることは自覚しているから、どの工場も神経質になっている。逃げ出した女工がいたかどうかなんて、口が裂けても外部には漏らさんよ。それに最近は女工の引き抜きなども横行しているから、その警戒もあるだろう」

「そのようですね。そこで目先を変え、彼女の故郷である一宮市に人をやりました。

しかし、ここでもやはり『紡績工場に出稼ぎに行ったおハル』という情報だけではいかんともしがたく。彼女の語った芥川龍之介の話も手がかりにして調査をさせたのですが、おハルに繋がるような情報はまるで得られませんでした」

「それでここに来た、というわけか」

「そのとおりです。金と時間をかければ女工の情報を探ることは可能でしょうが、工場はひとつや二つではありませんからね。どれだけの手間がかかるか。そんな折、取引のある出版社の主から、佐久路さんのお噂をお聞きして。大変優秀であるとか」

「優秀かどうかはわからんがね。ひとまず、その簪というのは持ってきているか」

「もちろんです」

友蔵は袂から袱紗《ふくさ》を取り出した。帳場に置いて広げると、中から簪が姿を現した。朝顔を題材にした、金属製の平打簪だ。話にあったとおり細工は精緻で、なかなかの逸品だと思える。

「悪くない品だな。ただ、母親の形見というわりにはいささかきれいすぎるし、若向けの造りのように思える」

たしかに、とこよりも納得する。正直、あまり形見っぽくはない。

佐久路がつづけて問いかける。

「ちなみにその、簪が入っていた封筒とは、どのようなものだった」

「どのような……いたって普通の封筒でしたね」

「無地だったか、それともなにか書かれていたか」

「ああ、そのことですか。おそらく宛名でしょう、文字が書かれていたのは間違いありません。簪を取り出して、すぐにまた懐に戻したので、読み取ることはできませんでしたが」

「なるほど。了解した」

「あの……」そろりと、こよりは会話に加わった。「その、おハルさんですが、あくまで可能性のひとつですけど、詐欺師《さぎし》だった、ってことは考えられませんか」

慎重に発言する。話を聞きながら、ずっと頭の片隅に引っかかっていた疑問だった。友蔵がおハルに好意を寄せているのは間違いなく、気を悪くしないかと危惧《きぐ》したが、存外彼は冷静に、さもありなん、といった様子で首を縦に揺らした。

「その思うのは当然だと思います。彼女は路地にうずくまって鴨《かも》が引っかかるのを待ち、悲惨な身の上話を語る。そのあと巧く話を持っていき、お金を借りて姿を消す。十分に考えられる手口でしょう。

けれど直接彼女に逢った私からすると、やはり彼女の語った身の上話が嘘だったとは思えないのです。彼女のやつれた様子も、おむすびを頬張る姿も、滲み出る哀《かな》しみも、人を騙すための細工や演技だったとは到底思えません。こればかりは印象でしかないので、証明のしようはありませんが」

「おそらく詐欺師ではないだろう」援護するように佐久路が告げる。「だとすると、どうにもやり口が中途半端だ。少なくとも最初から金銭を騙し取ることが目的だったとは思えない。そうであったなら、もっと相応《ふさわ》しい身の上話があるだろう。担保として差し出した簪も、不相応に物がいい。母親の形見だと騙《かた》るのならば、もっと草臥《くたび》れたもののほうがそれっぽいし、安上がりでもある。全体的にちぐはぐだ」

「それで――」友蔵は心配そうな面持ちで佐久路を見やった。「依頼は請けていただけますか」

「ああ、もちろんだとも。しかと引き受けよう」

友蔵の顔が安堵にほころぶ。

「ありがとうございます」

「ただし、ひとつだけ確認しておきたいことがある。仮に見つかったとして、友蔵さんはおハルさんをどうするつもりだ。嫁として迎えるつもりか」

友蔵は真剣な眼差しで、誰もいない店の表口を見やった。そのまま言葉を発する。

「正直、わかりません。彼女に惹《ひ》かれていることを否定するつもりはありません。ただ、純粋に手を差し伸べてやりたいと思っているのも事実です。その先のことは、彼女自身の意思もあるでしょうし、いまはまだ、なんとも」

「わかった。それならばなにも問題はなかろう」

友蔵は怪訝な表情を見せる。

「もう、なにか摑んでいるのですか」

「ひとまず調査の方向性だけは、と云っておこうか」

そう云って佐久路は薄く笑い、事務的な話をつづけた。

まず前回と同様、高額な報酬を求めるつもりはなく、調査結果に満足してもらったときだけでいいということ。ただし今回は調査にいくらかお金がかかりそうなため、足代などの実費は請求させてもらうことを確認した。

これについて友蔵は出し惜しみをするつもりはないと答え、前金としてまとまったお金を佐久路に渡した。

さらに今回は調査に少し時間がかかりそうなことも、佐久路は了解を求めた。具体的には十日から二週間程度はかかるだろうという予想だった。これも友蔵はまったく問題ないと了承し、「よろしくお願いします」と頭を下げて帰っていった。

友蔵を路地の手前まで見送り、こよりは小さく息を吐いて店に戻った。

「萬相談事の依頼人も、わりと多いんですね」

明子が来たのは一昨日なので、けっこうな頻度だと思える。

「いや、そんなことはない」佐久路はぶっきらぼうに答えた。「今回はたまたまだ。二月以上とないときもある。平均してひと月に一件程度だろう」

やっぱりそんなもんなんだ、と納得する。あまり積極的に手がけるつもりもないのかもしれない。

「それはそうと、ですね」胸の前で手をもみながら帳場に近づく。「今回の依頼も、すでになにか摑んだんですよね」

好奇心を露わにこよりは問いかけた。

話を聞くかぎり、おハルを見つけ出すのは雲を摑むような話に思えた。できそうな調査は、友蔵がすでに人を雇っておこなっていて、手がかりが得られぬままに終わっている。彼女の本名すらわからず、「おハル」という呼び名だけでは致し方ないことだ。どうやって彼女を見つけ出すつもりなのか、まるで見当がつかない。

にもかかわらず佐久路は、調査の方向性は摑んでいると告げた。さらに、そのあと見せた自信に満ちた笑みは、それ以上に洞察できていることを窺わせるものだった。

予想どおり彼は否定しなかった。

「まあな。ある程度、目処《めど》はついている。おハルさんのついた嘘と、つかなかった嘘と。彼女の行動理由も朧《おぼろ》げながら、だがな」

なんと！　想像以上に推理は進んでいる。

「どうして、どうやってわかったんですか。おハルさんのついた嘘と、つかなかった嘘ってなんですか。やっぱり友蔵さんは騙されているんですか」

帳場に詰め寄るこよりを、佐久路はぎろりと睨めつけた。

「請けた依頼を興味本位で穿鑿《せんさく》する姿勢は、感心せんな」

しまった、と思ったが時すでに遅し。最も恐ろしい言葉を佐久路が発する。

「そのような人間はこの店には相応しくないな。残念ながら――」

「まままま待ってください！」うしろに飛んで地面にひれ伏す。「申し訳ありません！　以後気をつけますので、なにとぞ、なにとぞご寛恕《かんじょ》を！」

「冗談だ」

「ほんとですか」顔を上げる。

「たしかに褒められた言動ではないが、それだけで隙《ひま》をやるほど冷酷でもない。人は失敗をして学ぶもんだ」

「さすが、いいことをおっしゃる。前の乾物屋の主人に聞かせてやりたい」

「甘えるなよ。何度も同じ失敗を繰り返すのならそのときは容赦せんぞ」

「肝に銘じます」

「さて——」佐久路があごを撫で、中空に眼を細める。「いちいち説明する気はさらさらないが、先日の試験のように考えてもらうのも悪くはないな。思考のいい練習になるだろう」

「また試験ですか」

「そうだな、満足できる答えを出せたなら、多少の褒美《ほうび》を出してやってもよかろう」

「それは素晴らしいです！」

こよりは立ち上がり、こぶしを握りしめた。そんな試験なら大歓迎だ。

佐久路は帳場を離れ、「どれにしようか」と書棚を物色しはじめた。このあいだのように、手がかりとなる書物を提示してくれるようだ。

「なにがあったか。どれでもいいと云えばどれでもいいんだが。ああ、これがいいな。うん、これがぴったりかもしれん」

そう独りごち、ようやく一冊の本を取り出した。こよりに向かって差し出し、したり顔を浮かべる。

「世界の答えは、すべて書物の中に書かれているのだよ」

それ、前回も云ってましたよね。気に入ったんですか。

とは思ったが口には出せない。こよりは「は、はあ……」と本を受け取る。

前回の芥川龍之介のものより、やや古色の感じられる本だった。

水色と鴇色《ときいろ》に塗られた表紙には、蜘蛛の巣と紅葉《もみじ》が描かれ、左側に大きく『幽霊塔』と書かれている。なかなかおどろおどろしい題名だ。その横には「涙香小史《るいこう》訳述」という言葉と、やや読みにくいがおそらく「永洗《えいせん》画伯画」と書かれている。前者が著者名で、後者は挿絵画家の名前だと思える。

佐久路に視線を戻すと、彼は小さく頷いた。

「云うまでもなく、この本が今回の依頼の謎を解く手がかりとなるはずだ。こよりくんが本を読むいいきっかけにもなるだろうからな。題名は『幽霊塔』で、これは明治三十四年に最初に扶桑堂《ふそうどう》より出たものだ。書いたのは黒岩《くろいわ》涙香」

「黒岩、涙香……」著者名をこよりは反復する。「聞いたことはある気がします」

「明治の半ばごろから活躍していた、偉大な文人だ。西洋の探偵小説を真っ先に、数多く翻訳し、探偵小説移入の祖と称されるほどだ。先年、惜しまれつつ亡くなってしまったんだが、多才な人物で『萬朝報《よろずちょうほう》』という新聞も主宰していた。この『幽霊塔』も、そこで連載されていた翻案《ほんあん》小説だ」

「すみません――」こよりは小さく手を上げる。「翻案小説ってなんですか」

「うむ。翻案小説というのはだな、別の人物によってつくられた作品を、全体の筋書きは踏襲しつつも、設定などに改変を加えて書かれた小説だ。ほとんどの場合、海外で書かれた小説を、日本人に馴染《なじ》むようにつくり直したものだな。じつはこの『幽霊塔』には、ひとつおもしろい逸話があってだな」

佐久路は企《たくら》むような笑みを見せる。

「この小説の原作は、英国のベンヂスン夫人によって書かれた『ザ・ファントム・タワー』だとされていた。文字どおり『幽霊塔』という意味の英語だ。実際、いま渡した本の冒頭にもベンヂスン夫人の言葉が書かれている」

本をめくるとたしかに「前置」として、ベンヂスン夫人による原作者としての言葉が載っていた。

「しかし、それは真っ赤な嘘でな」

「嘘なんですか！」

「『ザ・ファントム・タワー』なる小説など存在しないし、ベンチスン夫人なんて人物もいない。すべて黒岩涙香がつくった出鱈目《でたらめ》だったんだよ」

「そんなのありですか……」予想外の逸話に呆気《あっけ》に取られる。「つまり原作は存在せず、黒岩涙香の創作だった、ということでしょうか」

「いや、原作は存在する。三年ほど前だったか『灰色の女』という映画、活動写真が公開されてな。そのとき黒岩涙香『幽霊塔』の原作であると宣伝されていた。観《み》てみたが、間違いなくそのとおりだった。原作は米国のウイリアムスン女史によって書かれた小説で相違ない。原作の題名も、そのまま『灰色の女』という意味の英語だ」

つまり涙香は、本当の原作である『灰色の女』を意図的に隠していた。しかも本の冒頭に、存在しない作者の言葉まで捏造《ねつぞう》する徹底ぶりだ。

「そんなことを勝手にしていいんですか。そもそも、黒岩涙香はどうしてそんなことをしたんでしょうか」

「たしかに、あまり褒められた行為ではないだろうな。原作者に対する敬意も欠いている。しかし、背景にはやむを得ない事情もあったようだ。涙香は、誰かに先を越されるのをひどく警戒していたんだ。先ほど云ったように、この作品は彼の主宰する『萬朝報』で半年以上かけて連載していた。人気もあり、新聞の売上げにも大いに貢献したはずだ。しかし誰かに『灰色の女』の翻案小説を先に出版されてしまうと、大きな痛手となる。実際、そういう先例があった。そのことを警戒し、涙香は周到に原作を隠したというわけだ。題名も、意図的に原作から大きく変えたのだろう」

なんというか、生き馬の眼を抜く大変な世界なんだなと歎息《たんそく》する。

題名を変えざるを得ない事情はあったにせよ、『灰色の女』より『幽霊塔』のほうが興味をそそられるのもたしかだ。再び色鮮やかな表紙に視線を落とし、こよりはそっと微笑んだ。

三

「それでは、こちらお釣りです」

二十銭の釣銭と、書籍『蠅《はえ》ノ研究』を渡し、こよりは頭を下げた。

「この本をずっと探してたんだ。ようやく見つけられてよかったよ」

いかにも学究肌の線の細い男は、心底嬉しそうな笑みを見せた。そう云ってもらえるとこちらも嬉しい。

「ありがとうございます。またご贔屓《ひいき》に」

しかし世の中には本当にいろんな本があるのだと、この仕事をはじめてつくづく思い知らされた。そして、それらの本を求める、いろんな人間が世の中には存在する。

客が去ったのを見届け、こよりは膝の上に置いていた『幽霊塔』を再び開いた。友蔵の依頼から、そろそろ一週間が経つ。

じつは『幽霊塔』は前編、後編、続編の三分冊になっており、かなり分量のある小説だった。佐久路の許可を得て、店番をしながら暇なときに眼を通している。文章を飾らず、非常に平易な表現で書かれているので、とても読みやすい小説だった。そしてなによりおもしろいのだ。作中にはさまざまな謎があり、先の展開が気になって頁《ページ》をめくる手が止まらなくなる。出自が新聞連載ということもあり、先が気になるよう、巧妙に書かれているのもわかった。

最近は帳簿の整理など、店番中の空いた時間にできる雑多な仕事も云いつけられることが増えたけれど、それでも帳場に坐りながら本を読む時間もある。

すでに三冊目に入り、物語も終盤を迎えていた。

黒岩涙香著『幽霊塔』の主人公は丸部道九郎《まるべどうくろう》という男である。彼は叔父《おじ》、丸部朝夫《あさお》の依頼で、購入予定の幽霊塔を下調べのため訪れる。そこで謎の美女、松谷秀子《まつたにひでこ》と出逢ったことから物語は大きく動きはじめる。

この幽霊塔というのは、どうやら英国の片田舎《かたいなか》にあるらしい。ずいぶんと遠い場所まで行き来するんだなと思っていたら、どうも主人公たちは倫敦《ロンドン》に住んでいる設定のようだ。以降、数多くの登場人物が出てくるが、全員日本人のような名前でありながら、基本的には英国人という設定である。最初は戸惑い、どうせなら舞台も日本に置き換えればいいのにと思ったが、これはこれで慣れれば気にはならなくなった。

物語は暗号の書かれた手帖が見つかったり、主人公が殺されかけたり、閉ざされた部屋から人が消えたり、首のない屍体《したい》が発見されたり、幽霊塔の不気味な噂が語られたり、虎と対決したり、列車が転覆したり、蜘蛛屋敷が出てきたりと、とにかく盛り沢山である。

しかしいちばんの読みどころは、絶世の美女、松谷秀子の存在だろう。彼女はいったい何者なのか。序盤から彼女の正体についてはさまざまな疑惑がかけられる。幽霊塔に以前住んでいて、養母を殺害して投獄された輪田夏子《わだなつこ》ではないか、というのが最も疑わしい説である。しかし夏子は獄中死しており、生前の彼女を知る人物からも否定される。それでもなお、松谷秀子の怪しさは増すばかりである。

主人公の道九郎は、この秀子にぞっこんで、徹底的に彼女を信じつづける。信じる理由はただひとつ、こんなに清らかで美しい人が悪人のわけはない、という信念だ。見た目の美しさはさておき、客観的に見てとても清らかには思えないのだけれど、主人公には関係ないのだろう。ずっとその調子なもんだから、たんに色香に惑わされた間抜けな人物にしか思えず、滑稽さにときどき苦笑してしまう。

物語は終盤、秀子の秘密と、幽霊塔に隠された謎に迫ってゆくのだが、佐久路がこの本を選んだ理由は序盤のうちにわかった。

まず、松谷秀子と、おハルの共通項だ。

秀子の正体ではないかと目される、輪田夏子との共通項と云ったほうがいいかもしれない。ハルと夏、という符合はご愛嬌として、どちらも美貌の持ち主だった。さらに夏子はじつは獄中死しておらず、脱獄したのではないかとの疑惑がある。おハルもまた、紡績工場という檻《おり》から脱獄したのだと自ら語っていた。

道九郎が秀子の潔白を頑《かたく》なに信じるように、友蔵もおハルのことを信じている。もっとも友蔵は小説の主人公とは違って理知的なところは残しているので、同一視すると怒られるかもしれないが。

「こより！」

名前を呼ばれ、慌てて本から顔を上げる。つい夢中になってしまっていた。

帳場の前には佐良と久良が立っていた。

「仕事中だろ」「ぼーっとするなよ」

「ご、ごめんね」引き攣りつつ答える。

「まだその本読んでるのか」「読むの遅いな」

三冊目だから！　と叫びたかったが「あはは……」と力なく笑ってごまかす。どうにもこの二人は苦手だ。そしていまだにどっちがどっちか見分けがつかない。

「ところで佐久路は」「いないのか」

「あっ、うん。買い出しで久しぶりに市会に行ってる。まだしばらくは帰ってこないんじゃないかな」

古書のセリ市である市会は、神保町でほぼ毎日のようにおこなわれている。佐久路もたまに顔を覗かせていた。

「そうかわかった」「ありがとな」「仕事がんばれよ」「サボるなよ」

奥の部屋に荷物を置いて、また外へと飛び出してゆく。

忙しい子供たちだ。去りゆく二人の背中を見送り、苦笑混じりの吐息を漏らす。

あれから、ひとつ疑問が芽生えた。佐良と久良の二人は、店主のことを「佐久路」と呼んでいる。親子だとすると少し不自然に思える。それに佐久路と二人のやり取りを見ていると、なんとなく親子とは違う空気感のようにも思えるのだ。それは「佐久路」と呼ぶ先入観ゆえなのか、正直よくわからない。

また、母親らしき人の姿を見たことはなく、二人の食事は佐久路がつくっている。この家で三人で暮らしているのは、おそらく間違いない。それが彼が人捜しをしていることと関係があるのか。

聞きたいことはいろいろとあったけれど、家庭の事情に踏み込むのも不躾だろうと思え、聞けないでいる。先日、興味本位で穿鑿する姿勢を咎められただけに、なおさらだった。

ただし、このねんねこ書房の謎については、ひとつ摑めたことがある。

彼はこの一週間、店の業務をこなす以外の大半の時間は、奥の部屋でひたすら書きものをしているか、難しそうな本を読んでいた。出版社の人間が訪れ、なにやら仕事の話をしていたこともある。

うしろからちらと覗いたところ、原稿用紙と呼ばれるものに文章を書き連ねていた。どうやら彼は書籍の原稿を書いている。そしてそれはおそらく小説ではなく、学問の本に属するものだと思える。現状で推測できているのはここまでだが、この店の、というか根来家の収入源は、原稿料や印税などの作家業が主であるのは間違いなさそうだ。でなければ、とてもこの店の売上げでやっていけるわけがない。したがって閑古鳥が鳴いていても、ちゃんと給金は支払われるだろうと安心していた。すでに以前住んでいた長屋は引き払った。そうでないと困る。

四

今日は朝からしとしとと細い雨が降りつづいていた。

こよりは帳場に坐りながら、ぼんやりと外の景色を眺めていた。外は薄暗いが、店内はさらに暗いので、四角く切り取られた景色が額縁に縁取られたように見えた。

中央に飾り棚のついた太い柱があるので、縦長の絵が二枚。とはいえどちらも、狭い小路を挟んで向かいの家屋の板塀と、その上に覗く樹木が見えるだけだ。陰鬱な雨が板塀を濡《ぬ》らし、垂れた雨水が波のような紋様を延々と描いていた。雨は好きじゃないけれど、こういう光景は不思議と心落ち着くものがある。

いよいよ梅雨《つゆ》の季節になったのかもしれない。ただでさえ客は少ないのに、この時期はさらに客足が遠のくだろう。

「さすがに薄暗いな」

佐久路が奥の部屋から出てきて、店の電球を点《つ》けた。白い光線が薄闇とともに、湿気も取り払ってくれたような気がして、気持ちが晴れる。

その後、彼とともに書棚の補充作業をおこなった。

案の定というか、来客に中断させられることもなく順調に作業は進み、終わりが見えてきたところで佐久路に声をかけた。

「あの、佐久路さん。例の友蔵さんの依頼の件なんですが。『幽霊塔』の」

「おお。そういやもう一週間は経った頃合いか。どうだ、答えは出たか」

「はい、自分なりに。聞いてもらえますか」

「もちろんだとも」

補充作業を終えたあと、お茶を淹れて、佐久路は帳場に、こよりは店内にある椅子に坐った。

『幽霊塔』は予想外の展開ばかりで、最後も意外な真実が明らかになって大変おもしろかった、と前置きし、推理を語る。

「この本の、なにが今回の依頼の手がかりになっているのか、悩みました。なにしろ前回の短編とは違って長大な物語ですし、内容は多彩で、登場人物も多いです。どこに焦点を向ければいいのか、そこが難しく感じました。ですが、まずはやはり松谷秀子に注目すべきだろうと考えたんです」

秀子とおハルの共通項と、さらには主人公の道九郎と、依頼者の友蔵の共通項を説明した。ただ……、とこよりは眉を曇らす。

「秀子はかなり特異な人物で、彼女が歩んだ人生や、抱える秘密にしても、物語の中でしか成立しないようなものです。彼女を手がかりにして考えても、突拍子もない推理が思い浮かぶだけで、とても現実味があるとは思えません。それを裏づける根拠も見つかりません。ここでいったん、推理は暗礁《あんしょう》に乗り上げました。

そこで、少し考え方を変えてみることにしました。前回の『羅生門』のときも、本の内容だけでなく、そこに至る過程にこそ正解に導く示唆《しさ》が含まれていました。そこで佐久路さんが『幽霊塔』を選んだときのことを思い出してみたんです。そのとき佐久路さんはこう云ったはずです。『なにがあったか。どれでもいいと云えばどれでもいいんだが』と。そのあと『幽霊塔』に手をかけ、これがぴったりかもしれん、と云いました」

「相変わらず無駄に記憶力がいいな」

感心したような、呆れたような口調で佐久路は乾いた笑みをこぼした。

「こっちも必死ですから」

こよりは握りこぶしを固めた。なにしろ褒美がかかっている。

「この台詞って、すごく重要ですよね。『どれでもいい』と迷うくらいには選択肢がある。つまり、わりとよくある事柄が手がかりになっている。けれど『幽霊塔』の内容はすごく突飛で、わたしもあんまり小説は読んでないですけど、これがよくあるものだとは思えません。ということは、内容自体はあまり関係がないのかもしれない。

『なにがあったか』と捜すくらいには特異性があるけれど、『どれでもいい』と云えるくらいには共通性のある特徴。そう考えると、真っ先に思いつくものがありました。それはこの作品が、翻案小説であることです」

佐久路は満足げな笑みを浮かべ、本当にわずかではあるけれど、小さく頷いた。

自信を深め、こよりは推理の開陳をつづける。

「佐久路さんは、書棚にある翻案小説を捜した。どれでもいいっちゃどれでもよかったけれど、『幽霊塔』は道九郎と秀子の関係と、友蔵さんとおハルさんの関係に符合があり、それでこれがぴったりだと考えたわけです。

　そうなると『翻案小説であること』そのものが、手がかりとなりますよね。翻案小説とは原作の筋書きは活《い》かしつつ、設定などに変更が加えられた小説です。そして佐久路さんは『おハルさんのついた嘘と、つかなかった嘘』も摑んでいるとおっしゃってました。

　つまりおハルさんの語った話もまた、大筋で嘘はついていないけれど、設定など細かな情報に改変が含まれていたってことです。それが今回の手がかりです」

　さて、いよいよ推理も佳境だ。こよりはお茶でのどを湿らせた。

「では、おハルさんがついた嘘、変更された設定とはなんなのでしょう」

　まず考えついたのは、『幽霊塔』と同じように人物名を変えた、というものだった。しかし、おハルの話に人物名は出てこないし、彼女自身も本名を告げていない。

　次に考えたのは、舞台が変更されていた、というものだ。つまり彼女が働いていたのは紡績工場ではなかった。けれど彼女の語る工場の話は、ずいぶんと真に迫っていたと友蔵は告げている。可能性としては捨てきれないけれど、ひとまず保留といったところだろうか。

「最後に思いついたのは、土地が変えられていた、というものです。つまり彼女が働いていた工場は、名古屋近郊ではなかった。あるいは、出身地を偽っていた可能性もあります」

一気に語り、こよりは大きく息を吐き出した。

「推理は以上です。状況としては、土地を偽っていた可能性がいちばん高そうな気はします。しかし残念ながら、これらの説を裏づける根拠は見つけられませんでした。わたしが到達できた答えはここまでです。いかが、でしょうか」

窺うように佐久路に眼を向ける。彼は先ほどよりもさらに満足げな笑みで、今度は大きく頷いた。

「大したものだ。十分に合格点だろう」

「ほんとですか！」

「君が到達した答えも、ほぼ正解だと云っていいだろう。もちろんまだ調査は終わっていないので、確定したわけではないがね」

「そういえば、今回は調査に時間がかかると依頼人に云ってましたよね。そのわりに動いているようには見えませんでしたが」

　佐久路は、うむ、と腕を組む。

「以前も云ったように、話を聞いた段階で調査の方向性は掴んでいた。しかし現地調査に赴く前に、下調べをしておきたくてな。そこで名古屋に住む知人に、とある事前調査を依頼していた。その返事待ちがひとつ」

　そこで佐久路は、やや気まずそうな顔で頬を掻《か》いた。彼にしては珍しい表情だ。

「もうひとつは頼まれていた原稿の締切が近くてな。いや、本来の締切はとっくの昔にすぎているのだが。それを書き上げるまでは動くに動けん状況だったもんでな」

　こよりに店番を任せ、奥の部屋でひたすら原稿に向かっていたのはそのような事情だったのだと得心する。

「原稿は完成したんですか」

「ああ。ひとまず無事に仕上がったし、知人からの返信も届いた。天候次第だが、明日明後日にも現地に赴くつもりだ。ほどなくおハルさんは見つかるはずだ」

　佐久路は自信たっぷりに告げた。

　真相が聞けるのは、前回と同様に依頼者といっしょに、というかたちになるのだろう。それはさておき、こよりはいちばん気になっていることを尋ねた。

「それで、その、以前おっしゃっていた、満足できる答えを出せたときのご褒美とやらは、いただけるのでしょうか」

「もちろんだ。まだ具体的には決めていないが、近々渡してやる」

「はは！　ありがたき幸せ」

平伏しそうな勢いで、こよりは頭を下げた。頭を振り絞った甲斐《かい》があったというものだ。

相変わらず店に客がやってくる気配は、微塵もなかった。

五

開店からほどなく、友蔵が姿を見せた。その日も昨晩からつづく雨が町を煙らせ、彼の持つ蝙蝠傘《こうもりがさ》を叩いていた。小気味いい音が店先で鳴り響く。

彼が再訪したのは云うまでもなく、調査結果を聞くためだ。依頼から、ちょうど十日ばかりが経っていた。前回同様、店内に置かれた椅子へと案内する。

先日、佐久路は朝から晩まで半日がかりでどこかに出かけており、そこで十分な成果が得られたのか、すぐに友蔵へと連絡をしたようだ。

奥の部屋から佐久路が現れ、帳場に坐る。

「どうも、待たせたね」

「それで、おハルは見つかったのでしょうか」

あからさまに身を乗り出したりはしなかったけれど、友蔵の声音には隠しきれない不安と期待が滲んでいた。

「ああ。彼女の素性もわかったし、いまどこにいるかも判明している」

「そうなんですね」友蔵の肩がわずかに下がった。

「いまさら焦る必要はなかろうし、順番に説明しよう。そのほうが納得もしやすいだろうしね。まず、おハルさんの語った話を聞いて、あることがわかった。彼女の働く工場をかなり絞り込むことができる、重要な情報だ」

「そんなものが、ありましたか」

友蔵が不思議そうに云った。

「彼女は工場の湿気と暑さがつらく、夏場は地獄だと語った。職場で失敗した仕置きとして、噴霧器の真下の台をあてがわれたともね。このことから、彼女が働いているのは織布《しょくふ》部門だとわかる」

「しょくふ、ですか」

耳慣れない言葉に、思わずこよりは問いかけた。

「機械で布を織る工程だ。糸を紡ぐ紡績とは似て非なる部門だな。湿度を与えることで綿繊維の強度が増し、作業がやりやすくなる。工場としてみれば作業の能率が上がるというわけだ。女工にしてみればたまったものではないだろうが、そのため織布工場では、温度と湿度が異常に高くなる。

一方、紡績工場で噴霧器を使って湿度を上げる意味はない。したがっておハルさんが働いているのは織布工場だと断定できる。あるいは織布部門のある紡織《ぼうしょく》工場だな。紡績に比べて確実に数は少ないだろうし、これだけでかなり工場を絞り込めるはずだ」

そうでしたか、と友蔵は感心したように首を揺らした。

「だとすると、私はずいぶんと効率の悪い調査をしてしまったわけですね。――や、ちょっと待ってください」友蔵は片手を上げてしばし考え込んだあと、再び口を開いた。「聞き間違えでなければ、彼女はたしかに『紡績工場』と云ったはずです。素性を悟られにくくするため、わざと嘘をついたのでしょうか」

「いや、それは意図的な嘘ではないだろう。そうであれば噴霧器うんぬんは語らぬはずだからな。彼女自身、明確な区別はついていなかったか、広義の意味で使ったと思える。織布工場や紡織工場が、一般的に紡績工場と呼ばれるのはよくあることだ。

さて、話をつづけよう。そうやって工場を絞り込むことはできたが、それでどうなるわけでもない。前回語ったように紡績工場の壁は厚く、おハルという名前だけではどうしようもないからな。そこで彼女のついた嘘を検証することで、探ってゆく。彼女はいくつか嘘をついている。まず、母親の形見だという簪だ」

「朝顔の簪ですね」こよりは告げる。「たしかにあれは形見というにはきれいすぎましたし、若い感じもしました」

「そのとおり。さらに封筒から出したというのも妙だ。母親の大事な形見を、そんなものに入れるだろうか。しかも宛名の書かれた使い古しの封筒にだ」

「たしかにそうですね」

「簪はきっと、彼女自身のものだろう。さらに、介償のためにお金が必要だ、というのも口から出任せなのは間違いない。友蔵さんもその話には胡散臭《うさんくさ》さを感じたくらいだからな。仮に店の商品を壊し、心を痛めていたとしても、友蔵さんが戻ってきてから事情を説明すればいい。焦る必要はなかろう。

とにかくおハルさんは、まとまったお金を欲していた。それもなるべく早く。しかし友蔵さんは、話を疑っている様子に思える。そこでやむを得ず簪を差し出した。担保に見合う価値がないのは自覚していたので、少しでも情に訴えようと、母親の形見だとさらに嘘を重ねた。おそらくそんなところだろう。あの時点で、彼女の置かれた状況で、簪を手放してまで急いで弁償する理由はない。むしろ簪を差し出したことで、つくり話だと証明しているようなものだ」

ここよりは問いかける。

「そこまでして、おハルさんはどうしてお金が必要だったんでしょうか」

「四円五十銭という要求額からしても、かかる金額の明瞭な、具体的な目的があったはずだ」そこで佐久路は人差し指を立てた。「手がかりはやはり、封筒だと思う。着の身着のままで飛び出した彼女が、封筒だけは懐に忍ばせていた。彼女が工場を抜け出した理由が、その封筒にあったと考えるのは突飛な想像ではないだろう。封筒には、当然手紙が入っていたはずだ。差出人が誰で、どのような内容だったかはわからない。しかし受け取った手紙によって、彼女はどうしても行きたい場所ができた。そう考えることはできるんじゃないか」

「そうか。そういうことか」友蔵が手を叩き、中空を見上げる。「だから彼女は工場を抜け出し、私からお金を借りようとした。お金は汽車賃だった、というわけですね」

「そのとおり。おハルさんが姿を消した理由としては、そう考えるのが自然だろう。友蔵さんから差し出された救いの手を断念してまで、彼女には行かねばならぬところがあった。それはどこか。この先は推測するしかないが、やはりいちばん可能性が高いのは郷里だろう。そして彼女の郷里が愛知県の一宮市でないことは、半ば確信していた」

おっ、とこよりは小さくつぶやいた。

どうやら先日の推理のうち、「出身地を偽っていた」が正解だったようだ。これがおそらく今回の鍵となる部分だろうと、佐久路の謎解きに集中する。

「理由のひとつ目は、同県内にある一宮市に行くにしては、要求した四円五十銭は多すぎる。突っぱねられる危険を考えたら、過度な要求はしないはずだ。二つ目は彼女の思い出話にあった、芥川龍之介の存在だ」

そういえば彼女は子供のとき、芥川龍之介に逢ったことがあると語っていた。

「それであることを思い出した。芥川は十年ほど前、夏のあいだ一宮に逗留《とうりゅう》していたことがある。調べてみたら大正三年と大正五年だったから、ほぼ十年前、時期も一致する。場所は愛知ではなく、千葉県の一宮町だ」

「千葉県、ですか」虚を突かれた様子で友蔵が云った。

「一宮の情景は、芥川の作品『微笑』や『海のほとり』などにも描かれている。明治のころから海水浴場が整備されていた海沿いの町で、避暑地としても栄えていた。友蔵さん、彼女が一宮の生まれだと告げたときのことを、もういちど詳しく教えてくれるかな」

「わかりました」

記憶を辿りつつ、友蔵は詳細に説明してくれた。まずおハルが「一宮という町」に生まれたと告げ、それを受けて友蔵が「名古屋の北にある町だったか」と尋ね、彼女が肯定している。

説明のあと、彼は決まりが悪そうに頭を掻いた。

「千葉にも一宮という町があるとは知りませんでした。浅学でお恥ずかしい。おハルは、最初から嘘をつくつもりはなかったのかもしれませんね。ただ、私が勘違いしたために、あえて訂正はしないでおこうと咄嗟に判断した。そんなところでしょうか」

「おそらくそうだろう。その時点ではまだ、おむすびを恵んでくれただけの人だからな。四円五十銭という金額は、名古屋から千葉までの足代と考えれば納得できる。一宮という土地と、芥川との思い出話。ここまできれいに繋がれば、まず疑う余地はない。

こうなればあとは簡単。一宮町に行って『名古屋の紡績工場に働きに出たおハルさん』を捜せばいい。生まれた町の名前だけでは難しかったかもしれないが、芥川の滞在した旅館はわかっている。彼女もその近くで生まれ育ったと考えられるので、かなり範囲は狭められる」

てっきり名古屋に行っていたものだと思っていたが、千葉県だったようだ。考えてみれば、名古屋で日帰りだと現地に滞在できる時間はほとんどない。

そういえば、と疑問が思い浮かぶ。

「だとすると、名古屋の知人に依頼した下調べとは、なんだったんですか」

佐久路がぎろりと睨めつけてくる。

「いまから説明するところだ」

「あ、すみません」どうやら先走ってしまったようだ。

「まあいい。名古屋の知人に頼んだのは、近郊にある織布部門のある工場を調べることだ。おハルさんを特定するうえで、重要な手がかりだからな。ほかに彼女の身の上話から、農家の生まれで、工場に働きに出たのが二年前の十六歳のとき、というのもわかっている。たしかに彼女はお金を借りるときに虚言を弄したが、それ以外についた嘘は出身地だけだろうと思っている。それも相手の勘違いに便乗しただけだしな。彼女が巧みに嘘をつけるほど器用な人間だったとは思えない。

話を戻そう。一宮町を訪れ、現地で尋ねて廻り、無事におハルさんの素性を摑むことができた。農家の家で、働きに出た時期や年齢も一致し、織布部門のある工場でもあったので、まず間違いはなかろう」

一宮町というのが、どの程度の規模の町なのかはわからない。けれど情報や噂話の集まる場所は決まっている。地方の町村でそこまで範囲が絞れれば、見つけるのはわりと容易だったと思える。

「名前は小木晴江《おぎはるえ》。結論から云うと、彼女はすでに名古屋の工場に連れ戻されている。勝手に逃亡したので、こっぴどく怒られただろうな。だが彼女はその日、どうしても郷里に戻りたい理由があったんだ。晴江さんと親しい友人の女性に話を聞くことができた。友人は先日一宮に戻ってきた晴江さんと逢い、話をしている。彼女は、愛する人に逢うために帰ってきたんだ」

佐久路は友蔵を見据えて告げた。

じっと話に聞き入っていた友蔵の顔に動揺が走る。しかしそれは本当にかすかなものだった。

「そう、でしたか。ということは、この簪も――」そっと袂に手を添える。「彼女への贈り物だったのでしょうか」

「当人たちに確認は取れなかったので断言はできないが、十中八九そうだろう」

佐久路は友人から聞いた話を、簡潔に語った。

晴江には昔からずっと恋い焦がれる男性がいた。少し年上の彼の名を、健介《けんすけ》という。友人曰《いわ》く、二人は互いに恋心を寄せつつも、その気持ちを伝えることはなかった。やがて健介は帝国陸軍に入隊し、晴江は女工となり離れ離れになる。さらに健介は関東州への配属が決まる。満州《まんしゅう》の南にある土地だ。任地に赴く前に休暇が与えられ、彼は短いあいだだが郷里に戻ってくることができた。そのときに逢えないかと、彼は晴江に手紙を送った。

その具体的な内容はさすがに友人も教えてもらえなかったが、晴江が断片的に語った言葉や、様子からも、真剣な気持ちを伝えるものだったと友人は推測している。簪を同封していたことからも、それは間違いないだろうと佐久路は補足した。

この先は、佐久路の推測だ。おそらく晴江は、休暇を取って帰郷できるように工場に願い出たはずだ。しかし、その希望は叶《かな》えられなかった。きっと取りつく島もなく突っぱねられたのだろう。そこで、工場を抜け出した。お金はないので無賃乗車を試み、失敗したのかもしれない。駅の近くでうずくまっていたことからも、その可能性が高い。左頬の痣は駅員に殴られた痕かもしれない。そして、友蔵に出逢った。

「友蔵さんの申し出は、晴江さんにとっても魅力的なものだったに違いない。けれど健介さんに逢うためには、一刻も早く一宮に向かわなければならない。彼女は、後者を優先したというわけだな」

話を聞き、こよりは胸に熱いものが込み上げてくるのを感じた。なんと美しい愛の物語！

一方で友蔵は渋面を浮かべ、「ううむ」と腕を組んで唸った。

「そういう事情でしたか。しかし、それならそれで、もっとほかにやりようはあったんじゃないのかな。そもそも、弁償するためだと嘘をつく必要はあったのだろうか」

「云えるわけないですよ！」

思わず声を上げたことよりに、二人が見開いた眼を向けてきた。興奮しすぎたかなと反省しつつ、それでも晴江の気持ちを伝える。

「本当のことは云えないですよ。だって、友蔵さんが自分に好意を寄せていることは、晴江さんだって感じていたはずです。優しくしてくれるのはそのためだと。それなのに、愛する人に逢いに行きたいからお金を貸してくれ、なんて云えるわけがないです。

簪を母親の形見だと偽った件もそうです。情に訴えかける効果も考えたかもしれませんが、男性からの贈り物だとはとても云えなかった。それが大きいと思います。友蔵さんの気持ちを利用するのは心苦しかったにせよ、郷里に向かうにはそれしか手がなかったんです」

佐久路がうんうんと頷く。友蔵は「それはそれで、心外ではありますな……」と云って再び唸った。

「ちゃんと云ってくれたら、千葉までの汽車賃くらい出してやりましたよ。まあ、彼女が警戒して、嘘をついたのも理解はできますが。しかし、関東州はたしかに遠いが、今生の別れというわけでもないでしょう。自身の救済を捨ててまで、逢いに行く必要はあったのでしょうか」

「なにを云ってるんですか！」再び二人の視線を浴びるが、気にせずまくしたてる。「その日を逃せば、いつ健介さんに逢えるかわからないんですよ。ましてや、愛する人が気持ちを伝えてくれたんですよ」

両手を胸の前で握りしめ、こよりはうっとりと眼を細める。

「逢って彼の言葉をこの耳で聞きたい。逢って自分の気持ちを直接伝えたい。そう考えるのが当然じゃないですか。だから友蔵さんの申し出を捨ててでも、虚言を弄してでも、贈られた簪を手放してでも、艱難辛苦《かんなんしんく》を乗り越え、彼女は郷里に向かわなければならなかったんです！」

新派劇の役者よろしく、開いた手を勢いよく前方に伸ばして見得を切った。そんなこよりを、二人はぽかんとした顔で見ている。しまった、ちょっと感情移入しすぎてしまったか。

佐久路が空咳をする。

「云い方は芝居じみていたが、晴江さんも十八の娘だ。こよりくんが云うように、一途《いちず》に想っていたんだろう。さて、と――」

佐久路が袂から折り畳んだ紙を取り出し、友蔵に渡した。

「そこに晴江さんの住所と、働いている工場の場所と名前が書かれている。これで依頼は完了だな。今後、友蔵さんがどうするかは、こちらが関知するところではない」

「救ってやりますよ」間髪容《い》れず、友蔵は吹っ切れたような笑みで云った。「彼女ひとりを助けることが、正しいのかどうかはわかりません。しかし、これも縁です。ほっとけないし、応援してやりたいじゃないですか。彼女には、もっとちゃんとした仕事を斡旋《あっせん》してやりますよ。うちの工場で働いてもいい。こっちにいたほうが、郷里にも帰りやすいでしょうしね」

「うむ。それがいいだろう。たしかに彼女ひとりを助けたところで、現状はなにひとつ変わらないわけだがな」

　二人は、女工の置かれた厳しい境遇のことを云っているのだろう。いまこの瞬間にも、晴江だけでなく、全国で何万人という女工が劣悪な環境で働かされている。彼女たち全員を救うことはできない。

「あ、遅れましたが――」友蔵が立ち上がり、深々と頭を下げた。「このたびは誠にありがとうございました。噂どおり、見事なお手際でした」

「礼には及ばんよ。請けた依頼をこなしただけだ」

「して、報酬のほうはいかほど」

「調査にかかった実費は別途いただくとして。それ以外の報酬は、そうだな、今回はけっこう手間もかかったし、この店の本を十冊ほど買ってくれるか」

「えっ！　それだけで、いいんですか」

「うちは本屋だからな。稼ぎは本の売上げで得るのが本道だ」

「本だけに！」

こよりが叫び、佐久路と眼を合わせて二人同時ににやりと笑う。

「いやいや――」蚊帳《かや》の外に置かれた依頼人が叫ぶ。「それではさすがに申し訳が立たない。私の気が済みませんよ」

「それなら――」と佐久路はポンと手を叩いた。「こうしたらどうだろう。まさにいま、紡績工場における女工の過酷な境遇を一冊の本にまとめ、世に問おうとしている人物がいるらしい。今年、雑誌の『改造』にその一部が掲載されていた。その人物を、いくらかでも援助してやっては。世の中が変わるきっかけとなるかもしれない」

「なるほど。先生がそうおっしゃるなら」

「先生はやめてくれ」

佐久路は苦笑した。

その後、前回と同じように人相書きを見せ、この女性に心当たりはないかと問うたが、見た記憶はないと友蔵は答えた。可能なかぎり当たってみる、と約束して人相書きを受け取ったあと、彼は購入する本を決めるために店内を物色しはじめた。しかしものの二分程度で「これにしようか」とつぶやく。

「では佐久路さん、この本をいただきます。ちょうど十冊ですしね。単価が高いほうが、店の稼ぎもいいでしょう」

友蔵が指定した本をこよりは確認する。棚の下のほうに、大きく、立派な本がずらりと並んでいた。三省堂《さんせいどう》という出版社の出した『日本百科大辞典』。たしかにちょうど十冊組で、値段は二百五十円のようだ。って――

「に、二百五十円！」

二度見して、思わず目玉が飛び出た。

驚愕《きょうがく》するこよりをよそに、友蔵は小包郵便の代金とともに淡々と小切手を切り、佐久路もそれを無感動に受け取っていた。

「こんなに高い本があるんですね……」

友蔵が帰ったあと、こよりがため息混じりにつぶやくと、まるでなんでもないふうに「もっと高い本はいくらでもあるぞ」と佐久路は告げた。まったく、恐ろしい世界だ。

「あ、そうだそうだ」佐久路が奥の部屋からなにやらごそごそと取り出す。「例の謎解きの褒美、用意したぞ」

「本当ですか！」

声を弾ませ、取り出したものを見やる。とても大きな袋だ。

「たしか君は云っていたよな、彼が大好きだと。今回の依頼でも鍵になっていたし、これしかなかろう」

佐久路が企み顔で唇を歪《ゆが》める。袋の中には、芥川龍之介の本がたっぷりと入っていた。

「あ、ありがとうございます……」

嬉しくないわけではないんだけど、なんだろう、この、微妙な感情は。

第三話 「秘密」という魅惑

――谷崎潤一郎『秘密』

いつも見馴れて居る公園の夜の騒擾《さうぜう》も、「秘密」を持つて居る私の眼には、凡《す》べてが新しかつた。何処《どこ》へ行つても、何を見ても、始めて接する物のやうに、珍しく、奇妙であつた。人間の瞳を欺き、電燈の光を欺いて、濃艶な脂粉《しふん》とちりめんの衣装の下に自分を潜ませながら、「秘密」の帷《まく》を一枚隔てて眺める為《た》めに、恐らく平凡な現実が、夢のやうな不思議な彩色を施されるのであらう。

谷崎潤一郎『秘密』——籾山書店『刺青』（明治四十四年刊）所収

一

こよりは書棚に並ぶ背表紙に記された、本の題名を眺めていた。

『シエイクスピア悲劇の研究』

『ハムレット劇研究』

『文学論』

『文学に現れたる笑之研究』

このあたりは文学論に関する本が並んでいる。そのままの題名である『文学論』の著者は夏目漱石で、さすがにこれくらいの有名作家となれば、こよりも知っていた。『シエイクスピア悲劇の研究』は四円八十銭。普通の菊判《きくばん》の本としては、わりと高額な部類だ。

菊判というのは書籍の寸法を示すもので、高さがおおよそ七寸ほどになる。高さが六寸ちょいと、それより少し小さい四六判《しろくばん》というのもあり、一般的な洋本は菊判か四六判であるのがほとんどだった。

ねんねこ書房で働きはじめて二週間あまり。書籍の世界にまるで不案内だったことよりも、基礎的な知識は身につきはじめていた。

なお、洋本というのは西洋の本という意味ではなく、西洋ふうに製本された本のことだ。洋装本、ともいう。明治の半ば以降に出版された本は、ほぼ洋本だ。特殊な事情やよほどのこだわりがないかぎり、いまどき和綴《わと》じで出される本はないはずだ。ねんねこ書房では基本的に和本のたぐいは取り扱わず、明治以降につくられた洋本がほとんどを占めていた。

ちなみに本当の西洋の本、英語やドイツ語、フランス語などで書かれた本は原書といい、この店でも多少は取り扱っている。やはり原書は洋本と比べ、かなり値の張るものが多い。

本はおおまかな分野別に固まっている。大別すると文芸小説と学問的な本、いわゆる物の本だ。佐久路の嗜好《しこう》もあり、この店はかなり小説が充実しているそうだが、それでも数としては物の本のほうが圧倒的に多い。ひと口に物の本といっても、東洋史、西洋史、哲学、宗教、社会、経済、法律、鉄道、動植物、建築、医学、文学、漢文、美術書などなど、本当にさまざまなものがある。内容も専門家向けのものから、『趣味の園芸』といった一般人に向けたものまで幅広い。まだ書棚のどのあたりに、どの分野の本があるか、覚えきれていないのが実情だった。

神保町にあるほとんどの書店がそうであるように、ねんねこ書房でも数は少ないながら新本や雑誌も扱ってはいる。しかしこんな辺鄙な本屋で新本を買う客はほとんどなく、そろそろ古本だけに特化してもいいかもしれないと、先日佐久路はつぶやいていた。いずれ専門化が進み、新本屋と古本屋に完全に分かれてゆくのではないかとも、彼は予想していた。

書棚の題名を追っていたことよりは、やがてぼんやりと考え事をはじめた。

佐久路と、佐良と久良の双子のことだ。

相変わらず印象の変化はない。とても仲がよく、よそよそしさはないけれど、かといって親子という感じもしない。顔立ちも親子ほどの近しさを感じない。いちばんしっくりくるのは、連れ子という関係だ。あるいは、なんらかの事情で親を失った子供を育てている。

しかしそうなると、なぜそこまで名前が近いのか、という疑問が生まれる。

佐久路と双子は、血が繋がっているのか、いないのか。仮に血が繋がっていないとしたら、なぜ名前が似通っているのか。そこにどんな事情があるのか――。

「こんにちは」

突然背後から声が聞こえ、こよりはびくりと肩を震わせた。妄想に耽《ふけ》って、客が来たことにまったく気づかなかった。

「い、いらっしゃいませ！」

慌てて笑顔を浮かべ、振り返る。

艶麗《えんれい》な女性が眼の前に立っていた。思いのほか近く、二つの意味でどきりとする。鉄線花紋《てっせんかもん》の銘仙《めいせん》はありふれたものだけれど、彼女が着るとまるで特別に誂《あつら》えた逸品のように見える。年のころは二十代後半、いや、三十に手が届いているだろうか。けっして下品にならない瀬戸際の、濃厚な色香が漂っていた。

彼女が愉《たの》しそうに微笑み、こよりはかすかに頬が上気するのを感じた。

「これはまたずいぶんとかわいらしい店員さんね。いつから働いているの」

わずかに鼻にかかり、わずかに掠《かす》れた、えも云われぬ心地好い声だった。正体不明の緊張を覚えながらこよりは答える。

「二週間ほど前から、です」

「あら、もうそんなに。わたしもご無沙汰しちゃってたわけね」

「常連のお客さままでいらっしゃいましたか」

「そうね、常連というか、佐久路とはいい関係だから」

意味深長な笑みを浮かべる美女。

いい関係？　いい関係ってどういう関係ですか！　膝を突き合わせて根掘り葉掘り聞きたいけれど、そこはぐっと我慢する。美女が再び口を開く。

「それで、佐久路はいないのかしら」

「あっ、はい。あるお屋敷に査定に出かけていまして、夕刻までは帰ってこないかと」

まだ午後の早い時刻だから、おそらくあと三、四時間は戻ってこないはずだ。

「そう。それは残念」

ぜんぜん残念そうではない声音で云って、薄い笑みのまま店内をぐるりと廻ったあと、さも当然のように帳場の横の椅子に坐った。お茶をお出ししたほうがいいのかしらん、と戸惑う。

「貴女も坐りなさいよ。どうせ暇なんでしょ。少しお話ししましょうよ」

「は、はい」

こよりは命じられるままに帳場に坐った。美人には有無を云わさぬ不思議な魔力が備わっているのだ。

「ほんと、こんなところでお店をやって、人なんて来ないでしょ」

「はい。驚くほど来ませんね。ときどき不安になります」

「でしょうね。まあ道楽でやっているようなものだから」

やはり作家として稼いでいるということなのだろう。そのことを尋ねようかと思った矢先、彼女のほうから質問された。

「震災の前は、大通りでもっと大きなお店をやっていたのは知っているの？」

「佐久路さんが、ですか。いえ、まったく」

「お父さんの代からつづくお店でね。名前はたしか『猫睛《びょうせい》書房』だったかしら。でもそこも多分に漏れず震災で潰れちゃってね」

堅苦しい屋号から、一気にやわらかい名前に変更したもんだと驚く。

「それでこっちに移ってきた、というわけなんですね」

「そういうこと。震災直後は本屋はもうやめようと思っていたみたいだけれど、やっぱり本に囲まれていないと落ち着かないのよ、あの人は」

まるで駄目な男ほどかわいいものだというふうに、美女は困り顔の、けれど愛《いと》おしそうな笑みを浮かべた。もういちど「お二人はどういう関係ですか？」という疑問という名の好奇心の塊がせり上がってくるが、必死に押さえ込む。

書棚を見廻す彼女に釣られ、こよりもまた、四坪ほどのこぢんまりとした店内に視線を巡らせた。ここなら客も滅多に来ないし、執筆を本業と考えていた佐久路としては、ちょうどいい塩梅の物件だったのかもしれない。

「そういえば――」美女が興味深げに見つめてくる。「まだ名前を聞いていなかったわね」

「あ、こよりです。石嶺こよりといいます」

「あら。見た目と同じくらい、ずいぶんとかわいらしいお名前」

気づけば美女の指先が、左の頬をつつっと撫でていた。蛇に睨まれた蛙《かえる》のように身体が固まって、胸が高まり、顔が熱を帯びる。違う、間違っている。なにかが間違っている！　必死に平静を取り戻しながら声を絞り出す。

「おおおおお名前さまのお客を――」違った。「お客さまのお名前を伺ってもいいですか」

「あら、ごめんなさい。縫子《ぬいこ》よ。諌浪《いさなみ》縫子。縫子って呼んでもらっていいわ」

「あの、縫子さん――！」思いきって尋ねる。「この家には双子の子供がいますよね。ご存じですか」

「もちろんよ。佐良と久良よね。あっ、わかっちゃった」見透かすような眼差しで、瞳の奥を覗き込んでくる。「貴女、その二人と、佐久路の関係を知りたいのね」

気圧されそうになりつつも、こくり、と頷いた。縫子はちろりと舌を覗かせ、唇を湿らせる。

「こよりちゃんはとっても勘がいいのね。彼らが普通の親子じゃないって、気づいちゃったんだ」

やはり親子ではなかったのだと思いつつ、もういちど、ぎこちなくこよりは頷いた。艶《なま》めかしく蠢《うごめ》く縫子の紅い唇だけが、視界を占める。

「佐久路の秘密、知りたい？」

彼女の言葉は悖徳《はいとく》の薫りをまとい、明瞭に浮かび上がった。

「ご存じ、なんですね」

縫子は妖艶な微笑みとともに、別世界に誘うように語りはじめた。

「佐久路はね、昔とても激しい恋をしたの。相手の女性の名は、そうね、仮にナオ子としておきましょうか。二人は深く愛し合っていた。けれど、欧州大戦が二人の中を裂くことになってしまったの――」

ナオ子の家は昔から事業を手がけていたのだが、商いはさほど大きくなく、お世辞にも裕福な家庭ではなかった。ところが父親は大戦需要による好機を見事に摑み、一気に大富豪へと成り上がっていった。佐久路もこのころには父親から経営を受け継いでいたが、しがない書店の主に過ぎない。もちろん、それでも二人は変わらずに愛し合っていた。

「でも、佐久路に負い目が生じなかったと云ったら、きっと嘘になる。自分は富豪の娘に相応しい男なのかとね。ナオ子はまったく気にしていなかったけれど、本当に些細《ささい》な、当人たちも気づかないわずかな亀裂が、二人のあいだには生まれていたんだと思う」

成功者となったナオ子の父親は、さらに盤石の体制を築くため、器量好しとして有名だった娘を利用することにした。有力政治家の息子であり、やがては国政を背負って立つと云われる人物と結婚させることにしたのだ。

ナオ子は、佐久路が強く反対してくれると信じていた。けれど彼はそれができなかった。それが正しいことなのか、彼女にとって幸せなことなのか、自信が持てなかった。

ナオ子は失意のまま、政治家の息子と結婚する。こうして二人の仲は絶たれた。

「ところが数年後、ナオ子は佐久路のもとに戻ってきたの。双子の子供とともにね。彼女は愛のない結婚生活に耐えられず、逃げ出してきたのよ。今度こそ佐久路は、彼女を受け容れた。でも、運命とは残酷なものね。そのときすでにナオ子の身体は病魔に蝕《むしば》まれていたの。結局彼女はそれから一箇月と経たず、この世を去ってしまったわ。二人の子供を残してね。きっと彼女は、自らの死期を悟っていたのだと思う。だからこそ最期《さいご》は愛する人のもとで死にたいと願ったのよ」

縫子が語り終えたとき、こよりは前が見えなかった。涙が滂沱《ぼうだ》と溢れていたから。なんて美しい話なんだろう。なんて悲しい話なんだろう。なんて切ない話なんだろう。

縫子がハンケチを差し出してくれる。

「双子の名前に佐久路の漢字が含まれているのは、ナオ子がこっそり名づけたからでしょうね。もっとも、佐良と久良が誰の血を引いているのかは、わからないけれど」

意味ありげに云ったあと、「この話は、心の中だけに留《とど》めておきなさいね」と縫子が目配《めくば》せした。

「佐久路は、あまり知られたくないって思っているはずだから」

「はいい。わがぢまじだー」

えぐえぐと涙と鼻水を盛大に流しながら、こよりは何度も頷いた。ハンケチで鼻をかむ。

「ぷぴー」

「あ、そのハンケチは返さなくていいから」

そうして縫子は去っていった。

そのあと一時間、こよりは使い物にならなかった。その間、建築学の本を求めてひとりの学生がねんねこ書房を訪れたけれど、帳場で涙を流す不気味な女を見て、ひっそりと踵《きびす》を返したのはここだけの話である。

二

その少しおかしな客がやってきたのは、縫子が訪れた翌日、土曜日の昼下がりのことだった。月に二度ほど不定期に休みはあるが、基本的に土日も休まず営業している。

強い陽射しが照りつけ、ぐんぐんと気温が上がりはじめていた。朝方まで降っていた雨の名残《なごり》は消えていたけれど、蒸すような不快感だけは残っている。店にやってきたその男の顔も、不快そうに歪んでいた。

「これ、全部買い取ってくれるか」

乱暴に告げ、風呂敷包みを無造作に帳場に載せた。あまり来ることのない、買い取り希望の客のようだ。

「はい。ちょっとお待ちくださいね」

いささか胡乱《うろん》な客だが、こよりは愛想よく答え、風呂敷包みを解いた。ざっと本をあらためる。

洋本が七冊、比較的重厚そうなものが多い。近年の小説らしきものが一冊と『源氏物語』。あとは物の本だが、見事に分野がばらばらだ。岩盤史料に、犯罪心理学、刀剣の本に、宇宙の本、そして最後は『種之起原』というこれまた分厚い本だった。種《たね》の本だから植物学だろうか、ダーウインという異人が書いたもののようだ。いずれも高価そうな本が多い。

とはいえ、こよりはまだ古書の相場には通じていないし、勝手に買い取る権限もない。

「すみません。いま店主が出かけておりまして。十分程度で戻ってくると思いますので、少しお待ちいただけますか。もしくはお預かりしますので、三十分ほどして戻ってきていただけましたら――」

話の途中でみるみる男の顔は険しくなった。

「こっちは急いでんだ。全部まとめて二十五円でいい。破格だろうが」

「えっと、そうおっしゃられましても」

「二十円でどうだ」

「申し訳ありません。わたしの一存では」

「あんだとてめえ！」

男が帳場に身を乗り出し、こよりは短い悲鳴を上げてのけぞった。本気の悲鳴を出すべきだろうかと躊躇《ちゅうちょ》した刹那、

「お客さま！」

一喝する声が響いた。佐久路だった。つかつかと帳場に近づき、男を睨めつける。

「うちの店員を威《おど》すような真似はやめてもらえますかね」

言葉遣いは丁寧だったけれど、静かな怒りを含んだ凄《すご》みの利いた声だった。

男は睨み返したものの、すぐに視線を逸らし、負け惜しみのように大きな舌打ちを漏らした。素早く風呂敷を結び直し、忌々しそうにもういちど佐久路を一瞥《いちべつ》して男は帰っていった。

安堵で、全身から力が抜ける。

「大丈夫だったか」佐久路が声をかけてくれる。

「はい。ちょっと怖かったですけど、手を出すような気配はなかったので」

それもいま振り返ればの話で、やっぱりあのようなやくざ者に凄まれれば、とてつもない恐怖は感じる。いまもまだ心臓はどきどきと脈打っていた。

「それならいいが――」男の去った店先に、佐久路は厳しい眼差しを向けた。「あの様子じゃ、せどりってわけじゃなさそうだな。おそらく万引きした本か、もしくは図書館荒らしか。どっちにしろろくなもんじゃない。女がひとりで店番をしているから、この店に眼をつけたのかもしれんな」

そうだったのか、と納得する。だからまるで本に一貫性がなかったのだ。高価な書物を選《え》りすぐっていたのだろう。

こよりに視線を戻し、佐久路は小さく微笑んだ。

「身の危険を感じたら、すぐに金は出してやれ。端金《はしたがね》を惜しんで怪我《けが》をしたら元も子もない。そんなことで怒りはせん。むしろ――」

云いかけ、まあいい、と吐き捨てる。

「はい。ありがとうございます」

答えながら、胸の奥がほんのりと温かくなるのを感じた。

苦虫を噛《か》み潰したような顔で、佐久路がつぶやく。

「危惧は、していたことなんだ」

「ああいう、怪しい客ですか」

「それもある。しかし盗品を売りつけようとする小悪党ならまだいい。なにしろここは人通りのない袋小路だ。人目はなく、滅多に客は来ない。悲鳴を上げたって、すぐに誰かが駆けつけてくれる保証もない」

「そう、ですね……」

あまり意識はしていなかったけれど、佐久路の云うとおりだった。

袋小路に間口を並べる二軒は、ともに佐久路のもので、店の前は木戸もない板塀だけ。この店の関係者や客以外は立ち寄らず、通行人の視線もない。とても物騒な立地なのかもしれない。

「俺が最初、女の店員はいらんと云ったのを覚えているだろ。正直、これが最大の理由だ。前の小僧はとにかく図体の大きい若造でな。それで採用したようなもんだ。彼が実家の事情で急遽《きゅうきょ》田舎に帰ることになってしまって、次も同じような小僧を、と考えていたんだが」

心配げな視線を向けられ、自分がまだ試用の身であることをこよりは思い出す。

「ちょ、ちょっと待ってください。大丈夫です、大丈夫ですって！　じつはわたしこう見えて、武道の心得もありまして。ほわっ！」

　拳法のような型を取る。

「嘘はいかん」

「すみません。嘘です」

「心配するな。いまさら見捨てはせんよ。ただ、なんらかの対策は必要だろうという話だ。知り合いに、変な発明に勤《いそ》しむ変な男がいるから、彼に相談するのもいいかもしれん」

「お手数おかけします」

　こよりは心から感謝して頭を下げた。いまさら見捨てはせん、と云ってくれたのは、やっぱり嬉しかった。

　空気を入れ換えるように、佐久路は手を叩いて高らかな音を響かせた。

「それはさておき、ちょっと使いを頼めるか。高柴《たかしば》書店に、こいつを届けてほしい」

　佐久路は紫色の袱紗《ふくさ》包みを持ち上げた。

　こよりは袱紗包みを大事に抱えながら、通神保町《とおりじんぼうちょう》に並ぶ古書店を眺めた。

　明治以降、ずっと裏神保町と呼ばれていた場所で、通神保町にあらためられたのはほんの二年ほど前のことらしい。だからいまでも裏神保町と呼ばれることもある。

　陸の孤島のような場所で日がな一日店番をしていると忘れそうになるけれど、この街は日本有数の古書店街だ。今日も活気に満ち溢れている。

「でも、なんでこの街にはこんなに書店が集まってるんだろ」

　なんとなくつぶやいた独り言だったけれど、小さな同行者が反応する。

「こよりはそんなことも知らないのか」「それでも書店の人間か」

　佐良と久良だ。

　出かけようとしたとき、ちょうど二人が学校から帰ってきて、なぜだかいっしょに行くことになった。

「佐良ちゃんと久良くんは、理由を知ってるの」

　最近ようやく二人の見分けがつくようになってきた。

　見た目でも微妙な違いがあるけれど、わかりやすいのは声の質や調子だ。聞き慣れるとわりと明瞭に区別がつく。あと、最初に話しはじめるのは佐良が多い。双子とはいえ姉と弟という立場の違いが、多少は影響しているのかもしれない。

「もちろんだよ」「聞きたい？」

「うん。教えてくれるとお姉さん嬉しい」

「お姉さんだって」「自分で云ってら」「二十歳超えたら」「年増だぞ」

なぜあんたらは人の悪口を云うときだけそんなに息が合うのか。

「残念でしたぁ。まだ十八ですぅ。二十歳は超えてませーん」

「必死か」「必死だな」「年増は憐《あわ》れだな」「ほんと憐れだ」

抱えた袱紗包みがぷるぷると震え、こよりは必死で自分に云い聞かせる。

相手は店主の子供。店主の子供。

ここで怒るのは大人げない。大人げない。

「もういいです。帰ってから佐久路さんに聞きますから」

「怒ってら」「大人げないね」「冗談だよこより」「教えてやるから機嫌直せよ」

結局、神保町の成り立ちについて、二人に教えてもらいつつ高柴書店に向かうことになった。

といっても、さほどややこしい話ではない。まず明治十年に東京大学、現在の東京帝国大学が誕生したのが大きい。場所は神保町のすぐ南、錦町《にしきちょう》三丁目のあたりだ。以降、東京大学を中心に、官立私立を問わず、さまざまな学校、専門学校、予科、予備校などがこの界隈に寄り集まってきた。

学生は当然のように書物を買い求める。教科書、参考書、学術書、専門書、文学書、辞書などなど。大量に集まってきた学生を目当てに、本を売り買いする店が自然と神保町周辺に増えはじめた。学生は本を買ってくれる客であると同時に、本を売ってくれる客でもある。そうして明治の二十年代には、すでに古書店街が形成されていたらしい。

話を聞きながら、こよりは素直に感心した。

二人で分担しながら理路整然と語られた話は、わかりやすく、語彙も子供のそれではなかった。大人びて、生意気であるのは、頭がいいことの裏返しでもあるのかなと思える。

さすがは佐久路の子供たちだな、と思ったものの、実際に血が繋がっているかどうかはわからないことを思い出した。

二人は、とても不憫《ふびん》な子供だ。佐久路とのいまの暮らしが不幸せだとは思わないけれど、母親を亡くし、父親と離れ離れになっているのは事実だ。けれどそんな数奇な生い立ちはまるで感じさせず、元気に振る舞っている。それを思えば多少生意気なことくらい、まるで問題ないし、むしろ喜ばしいことだ。

二人の話を聞きながら、しみじみとそんなことまでこよりは思った。と、お尻に痛烈な蹴りが左右に同時に入った。

「ぶェ！」乙女にあるまじき声が出る。「ちょっとなにするのよ」「ぼーっとするなよ」「ちゃんと聞いてたか」「そして理解したか」「どうせよくわかってないだろ」「こよりだしな」「こよりだもんな」

やっぱり、もう少しかわいげが欲しい。

高柴書店への届け物は、なんら特別なものではなく、ただの古本だ。

書店間で本を融通し合うことは、わりとよくあるらしい。書店にはそれぞれ得意な分野があり、客筋も違っている。古書を入手したとき、より早く、より高値で捌《さば》けそうな別の書店に廻してあげたりするのだ。

そのほか、馴染みの得意客――華客《かかく》とも呼ぶらしい――から手に入れてほしい本を頼まれるときがある。そういうときも、ほかの書店から融通してもらうことがあるようだ。そのへんは持ちつ持たれつの関係なのだろう。

今回は後者の事例である。

市会の会場である東京図書倶楽部で高柴書店の主に逢ったとき、心当たりはないかと尋ねられたそうだ。ねんねこ書房の書庫にあったのを佐久路は覚えていたため、お届けしますよと快く請け合ったと、そういう経緯だった。

高柴書店は街の外れ、しかも一本裏に入った通りの、周囲にはほとんど書店の見当たらない場所にあった。

初めて訪れた場所で、歩いていると瓦礫《がれき》が散乱したまま放置された一角があり、思わず息を呑んだ。焼け焦げて真っ黒になった、太い柱も残されている。刻《とき》の止まってしまった土地の光景に、あの日見た、真っ赤に燃えた空と、煤《すす》の匂いが、瞬間的によみがえり、こよりは胸に抱いた包みをぎゅっと胸に押しつけた。

関東を襲った大震災からそろそろ一年が経過し、街や人々は落ち着きを取り戻したように感じられる。けれど一皮剝《む》けば、まだまだ震災の爪痕はそこかしこに残されているのだろう。いまだに避難所暮らしを強いられ、食うや食わずの人たちだって大勢いる。震災を生き延び、いま平穏に暮らせている自分は本当に恵まれているし、運がよかったのだと思えた。

せめて、ここで生活していた人たちの無事を祈りつつ瓦礫の前を通りすぎ、高柴書店へと向かう。

佐良と久良とは店の前で別れ、こよりはひとりで店内に入った。さほど広くはないけれど、それでもねんねこ書房の三倍はあるだろうか。帳場に坐っていた店主に佐久路の使いであることを告げ、本を渡す。

「おお、これはこれは。いやあ、わざわざすまないね。助かったよ」

老齢の店主は気持ちいいくらいに破顔して感謝してくれた。あとは代金を受け取ってお使いは終了、となるはずだったが、

「まあ、せっかく来たんだ。ゆっくりしていきなさい。おぉい、妙子《たえこ》、妙子！」

奥に向かって、おそらく女房の名を呼ぶ。遠慮するのも失礼だし、ここはお言葉に甘えて少し休憩させてもらうことにする。これも書店員としての大事な付き合いだ。たぶん。

ねんねこ書房と同じように帳場の奥にある座敷に案内され、妙子夫人にお茶と茶請けでもてなされた。

「最近ねんねこ書房で働きはじめたんですオホホホホ」「あらご婦人が書店で働くなんて珍しいわねオホホホホ」と上品かつ優雅に茶飲み話に興じていると、夫人がふいに「あら」と不安そうな顔を見せた。

「また、サタデーさんが来ているみたいね」

店のほうに眼をやりつつ告げた。彼女の場所からは帳場越しに店内が見えるはず

だ。

「さたでぇさん？ 異人さんですか」

「いいえ。たぶん日本人ね」夫人が声を潜める。「これが、ちょっと不思議というか、変な客なの。決まって土曜日にやってくるから、小僧さんのあいだで密《ひそ》かに『サタデー』って呼び名がついたんだけど」

そういえば今日は土曜日だ。決まって土曜日にやってくる不思議な客、サタデー。なにそれ。めちゃくちゃ気になる。

好奇心が顔に出ていたのだろう、「気になる？」と夫人に尋ねられ、こよりはこくりと頷いた。夫人は唇の端でにやりと笑い、こよりは首を竦《すく》めてほくそ笑む。歳の差を越えて、二人のあいだでなにかが通じ合った瞬間だった。

「決まって土曜日って云ったけど、初めて来たのは二週間前なの。だから今日で三回目ってことになるわね。あっ、話の前にこよりちゃんも見ておく？」

ぜひ、と答え、店内を覗ける位置にそっと移動した。夫人に「あの男よ」と教えてもらう。

傍目《はため》に見るぶんには、特段おかしなところはない。白い縦縞の入った紺木綿に、色褪《いろあ》せた柿色の兵児帯《へこおび》。どちらも薄汚れていて粗末な身なりだが、だからこそ普通だともいえる。頭には鳥打帽をかぶり、足もとは黒足袋に下駄。背丈は男としてはやや小柄だろうか。ここからでは横顔しか見えず、距離的に人相はわからない。手を袂に入れるようにして腕を組んで、入口付近の書棚をじっと見つめていた。

元の場所に戻ると、夫人が「見えた？」と尋ねてきた。

「はい。黒足袋というのがちょっと変わってますけど、それ以外は普通ですよね。前掛けをすれば、どこにでもいる商人ふうの出で立《た》ちですし」

「うん。恰好《かっこう》はべつにおかしくないの。おかしいのは男の振る舞い。あの場所で、一時間ずっと書棚を睨みつけているの」

「一時間、ですか」

店内に届かないよう気を遣いつつも、こよりは驚き声を出した。渋面で夫人が頷く。

「ときどき本を手に取って眺めたりもするんだけど、それもひどくおざなりな感じだし。一時間もずっと同じ場所にいるってのがね。それで本も買わず、すっと去ってゆくの。先々週も、先週も、まったく同じだった。訪れる時間だけは午後という共通点があるだけで、同じじゃないんだけどね。とにかく、すごく変でしょ」

「変というか、ちょっと怖いですよね」

「最初に来たときが、いちばん不気味に感じたわね。とりあえずなにごともなく帰っていったから、店のみんなも胸を撫で下ろしたのよ。でも一週間後にもまた来て、同じ場所で、同じように書棚を睨みつけはじめたもんだから、小僧さんのひとりが声をかけたのよ。なにかお探しの本がありますでしょうか、って。ところが男は声を出さず、眼も合わさず、ほっといてくれって感じで首を振っただけで」

「正直、気味が悪いです。それで、店としてはどう対処されるおつもりなんですか」

　後学のためにも妙な客の対処法は伺っておきたかった。

「対処といってもね」夫人は困り顔で笑った。「べつに騒ぐでなし、ただ立っているだけだもの。帰ってくれって云うわけにはいかないよ。ほかのお客さまに迷惑をかけているわけでもないしね。不気味な客がいるって噂になったら困るけど、いまのところその恐れはなさそうだし」

「たしかにそうですね」

　一時間ずっとでなければ、書棚を眺めている姿はさほど変なものではない。よほど長居の客でなければ気づかないだろうし、気づいてもせいぜい「妙な客だな」と思う程度かもしれない。

そして一時間程度で帰ってくれるなら、変ないざこざは起こしたくない、というのが本音だろう。客商売に携わってきた身として、こよりにもその気持ちはよくわかった。

「今日も一時間で帰ってくれたらいいんだけど」

片頬に手をあて、夫人は不安そうにつぶやいた。

率直な感想としては、どうにも捉えどころのない話だな、というものだった。理由がありそうで、なさそうで、簡単に思いつきそうで、そうでもなさそうで。

あまり遅くなると佐久路に怒られかねないので、切りのいいところで丁重にお茶の礼を述べ、立ち上がった。

帰るとき、サタデーはもちろんまだ店内にいた。先ほどと同じ場所、同じ姿勢で、じっと書棚を睨みつけている。先ほど妙子夫人が云っていたように、店主も、小僧も、見て見ぬふりをしている感じだ。

うしろを通りすぎながら、そっと観察する。視線の先にあるのは、日本史や西洋史など、主に歴史に関する書物だった。小柄なせいもあるのかもしれないけれど、話を聞いていたときのような不気味さは感じなかった。思案に暮れているだけの人物に見える。

横顔を見るかぎり、歳は三十後半から、四十前後といったところか。また、そばで見て、顔が少し土に汚れているのがわかった。仕事の途中なのだろうか。それでもやはり、一時間書棚を睨みつける理由は思いつかない。

首を捻りつつ店を出ると、佐良と久良の姿があった。

「あら、待っててくれたの」

「まさか」「たまたまだよ」

本当かな、とこよりは密かに微笑む。照れ隠しだとしたら、意外とかわいらしいところがあるじゃない。両脇から、二人が着物をむんずと掴む。

「なあ、こより」「ちょっと休憩しよう」「お使いに付き合った駄賃」「神保町のことを教えてやった駄賃」「こよりの奢《おご》りで」「あの店で」

二人が指さしたのは、眼の前にある甘味処《どころ》だった。

さては貴様ら、そのために待っていたな。

そんなことできるわけないでしょ、と睨むと、二人はにーっと悪魔のような笑みを浮かべた。

「あー、おいしかったねー」

おなかをぽんぽんと叩きながら、こよりは甘味処『雪ひさ』を出た。三人で分け合って食べたわらび餅も、おはぎも、舌が蕩《とろ》けるような甘さが絶品だった。至福である。高柴書店でも茶請けをご馳走《ちそう》になったので、わりとおなかもいっぱいだ。

抵抗はしたのだ。

いくらなんでも帰りが遅くなりすぎるし、お金の持ち合わせもない。まさか高柴書店で受け取った本の代金を使うわけにはいかない。諭そうとしたけれど、佐良も久良も「甘いものを食べさせろ」とテコでも動きそうにない。そして二人は囁《ささや》いた。

「お金はさっき受け取った本代があるだろ」「僕らが駄々をこねて動かなかったと云えば」「佐久路だって怒りはしないよ」「店のお金で甘いものが食えるんだよ」「こよりも好きなんだろ」「好きなんだろ、甘いもの」「わらび餅のもちもち感」「とろっとろの黒蜜」「つぶあんの、あの幸せな甘さ」「舌に絡みつく濃厚な甘み」「食べたいよね」「食べたいよな」

食べたいに決まっている！

というわけで、気がついたら『雪ひさ』の暖簾《のれん》をくぐっていた。

甘味の届けてくれた幸せが薄れてゆくと同時に、現実を思い出して気持ちが沈む。

勢いで入ってしまったけれど、本の代金を使ってしまったのは相当にまずいことだ。佐久路にどう説明しようか。とはいえ、ありのままに、正直に答えるしかないだろう。使ってしまったお金については、給金から差し引いてもらうように頼んであやまろう。

店の前でこよりが後悔に包まれていると、着物がくんくんと引っ張られた。

「ねえ、あれ」「もしかして」「『サタデー？』」

顔を上げると、向かいの高柴書店から、たしかにサタデーが出てゆくところだった。そういえば、あれから一時間くらいになる頃合いだ。

サタデーのことについては先ほど甘いものを食べながら、佐良と久良にも話したところだった。

「あ、うん。そうだね」

答え、そのうしろ姿を見送る。変わらずに両手を袂に入れるように腕を組んで歩いていた。

と、いつまでもここに佇んでいてもしょうがない。気は重いけれど、遅くなればなるほど余計に帰りづらくなってしまう。早くねんねこ書房に戻ろう。

こよりがそう決意を固めたとき、佐良と久良が顔を見合わせ、にーっと笑った。

なにやら厭な予感がした矢先、

「じゃあな、こより！」と叫んで佐良が駆け出した。

「あっ、こら、どこ行くの！」反射的にあとを追おうと足を踏み出したとたん、なにかが引っかかって前につんのめる。「ぶォい！」

こよりは勢いよく地面に転倒した。

「じゃあな、こより！」

同じ台詞を云い残して久良も駆けてゆく。

「いたたたた……」

大きな怪我はなさそうだけれど、腕を擦り剝いてしまったかもしれない。血が滲んでいる。あとを追えないように、久良がわざと残って足を引っかけたのだ。

二人の姿は、すでにもう視界から消えていた。

こよりは憂鬱な気分でため息をついた。土埃が、わずかに舞う。

三

「――と、いうわけです」

ねんねこ書房にこよりが戻ると、案の定「遅すぎる。なにをしていた」と佐久路に詰問された。そうして高柴書店で休憩したことから、サタデーの件、そして甘味処『雪ひさ』に寄ったこと、佐良と久良に逃げられたことまで、すべて話し終えたところだった。

先ほどのこより以上の、太いため息を佐久路は吐き出した。夕暮れの気配とともに、店内の空気も重くなる。こよりもしょんぼりと肩を落とす。

「申し訳ありません。雪ひさで使ったお金は、お給金から差し引いてください」

「そういう問題ではない！」

初めて聞く、佐久路の鋭利な声だった。声音と同様の鋭い眼差しで、彼はこよりを見据えた。

「仕事で失敗をするのは構わない。もちろんしないに越したことはないが、誰だってわざと失敗するわけではないからな。しかし今回、君がやったことは失敗ではない。背信行為だ。俺は君を信用し、いろいろなことを任せている。勝手に店のお金を使うというのは、その信用を裏切ることなんだ。その意味が、わかるか」

こよりは唇を嚙みしめた。自分のしでかした事の重大さに、いまさらながらに気づかされる。自分は佐久路の信頼を裏切ってしまった。おのれの馬鹿さ加減が情けなく、瞼が熱を帯びる。

自分は甘えていたのかもしれない。心地のいい環境に、なにより、佐久路の優しさに。

「申し訳、ありません」声を出したとたんに、堰《せき》を切ったように涙が溢れ出した。「あやまって、許されることではないと、思っています。でも、もういちどだけ、挽回《ばんかい》する機会をいただけないでしょうか。わたしは、このお店が、この仕事が、好きになりはじめています。こんな、中途半端なかたちで、辞めたくはないです。どうか、お願いします」

ゆっくりと頭を下げる。こぼれた大粒の涙が、土間に黒い斑点をいくつも描いていた。

「頭を上げろ」ぶっきらぼうだったけれど、佐久路の声に怒りの色はなかった。

「たしかに軽率で、愚かなことを君はした。しかし、佐良と久良がそそのかし、迷惑をかけたのも事実だ。自らの行為を隠し立てしなかったこと、深く反省していることを考慮し、今回の件は不問に付す。以後、慎むように」

　こよりは顔を上げた。喜びというより、脱力するような安堵がせり上がってきて、どういう表情をしていいのかわからない。

「ありがとう、ございます。これまで以上に、精進します」

「ったく、まず涙を拭け。ひどい顔だぞ」

　佐久路が手拭いを投げて寄越す。

「あい。すみません」

　泣き笑いで手拭いを受け取りながら、昨日の縫子のハンケチにつづいて二度目だなと、こよりは思う。

「しかしだな――」佐久路が帳場に片肘をつき、しかめっ面で顎を乗せた。「君は少しばかり佐良と久良に舐《な》められすぎだろう。どうしてそうなる」

「はあ。それはわたしが聞きたいくらいで」

「もっと、毅然とした態度を取らねばならん。与《くみ》し易い相手だと判断したら、子供というのは徹底して舐めてくるもんだからな。とはいえ、俺のほうも少し甘かったのかもしれん。その点は申し訳なく思っている。すまん」

帳場に手をついて、佐久路は頭を下げた。こよりは慌てて両手のひらを振る。

「そんな、佐久路さんがあやまらないでください。わたしが頼りないのが原因で」

「そのへんは俺のほうからきちんと云っておく。かわいそうだからあんまり苛《いじ》めてやるなと」

なんだか、かわいそうな子、みたいな扱いになっていませんか。

「しかし――」腕を組んで佐久路はつづけた。「佐良と久良はどこに行ったんだ」

「それならたぶん、サタデーのあとを追ったんじゃないでしょうか」

「高柴書店に現れる、不思議な客か」

「話を聞きながら二人とも興味津々な様子でしたし、彼の去った方向に走っていったはずです。それが知れると止められると考えたので、わたしの足を引っかけたんだと思います」

「そういうことか。ったく、二人のいたずら好きも、好奇心旺盛さも困りもんだな。いまさらの話ではあるが」

「無茶なことをしていなければいいんですけど。なにしろ相手は、得体の知れない人物ですし」

「それは大丈夫だろう。特に危険な人物でもなさそうだからな」

ん？　とこよりは眼を細めた。

「もしかして佐久路さんは、サタデーの正体について見当がついているんですか」

「だいたいな。これだけの情報では当て推量にしかならんが、大枠で間違いはなかろう」

「本当ですかっ」好奇を露わにこよりは身を乗り出す。

「君の好奇心も子供並に強いようだな」

佐久路が呆れた声で云った。

「や……」視線を泳がせる。「あ、ほら、高柴書店の皆さんも気味悪がってますし、もし男の正体や目的がわかれば、安心できるでしょうし」

「ふむ、それもそうか」佐久路は腕を組んで首を揺らした。「では、また手がかりをやるから、こよりくんに解いてもらおうか」

「小説で、ですね」

「そうだ。どうせサタデーが次に来るのは一週間後だろう。時間はあるし、君が本を読むきっかけになる」

「はい、ぜひ！」

こよりは力強く頷いた。

大いに望むところだった。これまで書物とは無縁の生活を送ってきたけれど、だんだんと本を読むのが楽しくなってきたところだ。いろんな作家を知るきっかけにもなる。もう、褒美も必要ない。

うむ、と佐久路は立ち上がり、文芸小説の並べられた書棚へと向かう。

「今回はわりと単純だからな。手がかりとなる本も、すぐに思いついた。たしかこのあたりに……ああ、これだ」

彼は四六判の本を取り出した。

枯草色の函《はこ》に書かれた題字と著者名は、達筆すぎてすぐにはよくわからない。佐久路が掲げながら説明してくれる。

「谷崎潤一郎《たにざきじゅんいちろう》の『刺青《しせい》』だ。いつぞやの芥川の『羅生門』と同じく、こいつも短編集だな。この中の『秘密』という短編が今回の手がかりだ」

「『秘密』ですか」

なんとも意味深長な題名だと思いながら、こよりは両手で恭しく受け取った。これまで以上に、本の重みを感じた。

汗とともに一日の疲れを銭湯の湯船に流し、こよりは倉庫にある自分の部屋に戻ってきた。

卓袱台の上に置かれた本を見て、小さく微笑む。云わずもがな、谷崎潤一郎の『刺青』だ。函から出された本体の表紙は花を象《かたど》った模様が鮮やかで、背の部分には蝶々《ちょうちょう》が金色に縁取られている、じつに美しい装幀《そうてい》の本だった。

あれからは細々とした雑用に追われ、渡された本を読むことができなかった。そこで佐久路の了解を得て、部屋に持ち帰ることにしたのだ。

べつに急ぐ必要はなく、明日以降、仕事中に暇を見つけて読むこともできた。けれど一刻も早く読みたいという欲求のほうが強かった。自分でも意外なことだった。なお、夕餉《ゆうげ》の前に佐良と久良はちゃんと帰ってきた。佐久路に叱られたのだろう、お使い中の出来事について、しゅんとした様子であやまってくれた。そういう姿を見ると、やっぱりただの小学生だなと思える。

気にしていないからと返すと、へへっと、らしい笑みを浮かべた。店主の子供だからと気を遣っているわけではなく、やはり子供は子供らしく、少々いたずらが過ぎても元気が勝っているほうが健全だ。

卓袱台の前に坐り、『刺青』を手に取る。籾山《もみやま》書店から明治四十四年に出版された本のようだ。佐久路の説明によると、同じ装幀で森鷗外《もりおうがい》や泉鏡花《いずみきょうか》など錚々《そうそう》たる作家の著作が並ぶ、有名な叢書《そうしょ》であるようだ。その美しい装幀から「胡蝶本《こちょうぼん》」とも呼ばれている。

収録されているのは七編で、『秘密』はうしろのほうに掲載されていた。ほかの作品も気になるけれど、まずはさっそく『秘密』を読みはじめた。

これまでの生活に飽きた男が、寺で隠遁《いんとん》生活を開始するところから物語ははじまる。

男は古着屋で魅力的な小紋縮緬《ちりめん》の袷《あわせ》を見つけ、その着物を着て、女の姿で往来を歩きたいという欲求に駆られる。そして実際に着物を購入し、しっかりと化粧も施し、その欲望を実践。やがて女装という「秘密」を持って街を歩く禁忌の魅力に、男は夢中になってゆく。

そうして夜な夜な女の恰好で街を練り歩いていた男は、ある晩、活動写真館の貴《き》賓席《ひんせき》で、かつて関係のあった女性〝T女〟と偶然再会する。彼女は女装した男の正体を見抜いていた。

その後、男とT女は再び関係を持つようになる。しかし、それはひどく奇妙なものだった。男がT女の家に向かうときは、彼女の用意した俥《くるま》に乗り、必ず目隠しすることを強制される。家の場所を悟らせないようにするためだ。

もとより二人は行きずりの関係で、互いの素性を知らなかった。しかし密会をつづけるうち、男はどうしても女の正体が気になった。そこで禁を破り、こっそりと道中の景色を観察。T女の住処とともに、素性も突き止める。

それきり、男はT女に逢うことはなかった。


短編ではあったけれど、そのあまりの濃厚さに、読み終えると同時にこよりは大きく息を吐き出した。初めて読む谷崎潤一郎の文章は、表現や描写が逐一とても美しく、圧倒された。文体も、物語も、二つの意味で濃厚な作品だった。

けれど最後だけは妙に淡泊に思えた。T女の正体を暴いた男は、なぜあっさりと女を捨てたのか。その理由は書かれておらず、まるで男の心情をあらわすように、拍子抜けするほどあっさりと物語は終わっている。

ただし、容易に想像はできた。男は女装という「秘密」をまとうことに官能的なまでに魅せられていた。だから「秘密」という衣が女から剝ぎ取られた瞬間、興味を失ってしまったのだ。

この作品は「秘密」の持つ蠱惑的《こわくてき》な側面を描いていると同時に、そこに秘密があれば暴きたい、真実を知りたいと思ってしまう、人の愚かさを描いているようにも思える。

それはそのまま自分にも跳ね返ってくる。

依頼者の持ち込む謎に、当事者でもないのに人一倍興味を抱いてしまっている。今回のサタデーの件もそうだ。加えて佐久路と双子の関係についても、あれやこれやと勝手に邪推を巡らせていた。

好奇心もほどほどにしとけよ、と小説を通じて佐久路から窘《たしな》められているような気がした。

けれど——！　こよりは熱い眼差しで暗い天井を見上げる。そこに謎があれば、解きたいと願うのは人間の性《さが》だ。たとえそれが愚かな振る舞いであろうと、愚かであることも人間の証明なんだ。

と、いうわけで——。こよりは思考を切り替える。

サタデーの件だ。彼の正体に繋がる手がかりが、この作品には含まれていたはず。例によって、この本を選んだときの佐久路の言葉を振り返る。彼はこう云っていた。「今回はわりと単純だからな。手がかりとなる本も、すぐに思いついた」と。

つまり、非常にわかりやすい手がかりだと考えるべきだろう。この作品が代表するような要素や、題材、展開など。

真っ先に思いつくことがひとつある。

素直に、これが正解でいいんだろうか……。こよりは思索を巡らせ、いつしかそのまま眠りについていた。


「ぶえっくしょん！」

「ったく、行儀が悪いな」

「ず、ずみません……」ずずっ、とこよりは鼻をすする。

「どうした。感冒か」

「昨日、蒲団をかぶらずに寝入っちゃって。見計らったように今朝は妙に冷え込んだみたいですし」

「この時期の感冒は長引くから気をつけろ」

「あい。気をつけます」

奥の部屋で佐久路と値付け作業中であった。すでに開店はしているけれど、客が入ってきたらすぐに見える位置に坐っているので問題はない。

作業が一段落する頃合いで、こよりは切り出した。

「あの、サタデーの件なんですけど。話を聞いてもらっていいですか」

「おお。もう推理できたのか」

「はい。たぶん合っていると思います」

「自信満々だな。聞かせてもらおうか」

こよりは頷き、まず昨日の佐久路の言葉から、今回は作品の柱となる、わかりやすい特徴が手がかりになっているはずだと推測したことを告げた。

「そうなるとかぎられてくると思います。まず『秘密』で大きな特徴は、主人公が女装をすることです。あとは他人の秘密を無理やり暴こうとする行為。昔の知人との偶然の再会、といったところでしょうか。この中で、やはり『女装』が手がかりだろうと考えました。この作品を象徴する要素ですし、サタデーの謎とも巧く結びつきます。そうです。サタデーは男ではなく、女だった。女装ならぬ、男装だったんです」

佐久路が微笑みを浮かべるのを見つつ、こよりはつづける。

「この気づきを得ると、いろいろと得心できることがありました。まず、サタデーは男としてはやや小柄でした。けれど女性だったと考えると納得できます。サタデーは店員に声をかけられても、無言で首を振っただけでした。これも声を聞かれると、女であることがわかるからです。ほかにも顔を汚していたのは、なるべく素顔を晒《さら》さないようにするためではないでしょうか。『秘密』の主人公が入念に化粧をすることで見事に女に化けたように、よほど美しい顔でないかぎり、女が男のふりをすることも十分に可能だと思います。以上を踏まえ、サタデーは男ではなく女だった、というのがわたしの答えです。いかがでしょうか」

ちらりと横顔を見たとき、男だと思い込んでいたので特に違和感はなかった。けれど逆に女だったとしても、それもまたおかしくはなかったように思える。

「うむ――」佐久路が大きく頷く。「ちなみにその先、サタデーの目的についてはどう考える」

「えっと、すみません……。推理できたのは、男装した女だった、というところまでで」

「まあ、よかろう。十分合格点だろう。俺が『秘密』で指し示した手がかりは、君が推理したとおりだ。ほかにもサタデーが女であることを示すものがある。まず夏なのに黒足袋を穿いていたこと。黒足袋を穿く女性はまずいないので、ことさらに男であることを強調しているように思える。

また、サタデーは店内にいるときも、帰るときも、手を袂に入れて腕を組んでいたそうだな。これも素肌を晒すことを避けたかったんじゃないだろうか。手というのは男女の違いが大きく現れる部位だからな。同様に足袋を穿いていたのは、素足を晒したくなかったのもあったと思える。こよりくんが指摘した三点、背丈の低さ、声を発しなかったこと、顔を汚していたことと合わせ、サタデーが女であることはまず間違いなかろう」

こよりもゆるりと頷いた。

問題はこの先だ。彼は、いや、彼女は高柴書店でなにをしていたのか。

「次にサタデーの目的だが。彼女はべつに高柴書店自体に用があったとは思えない。一時間、書棚を眺めつづけることに意味があるとは思えないからな。そこにいることが大事だったんだ。わざわざ男に変装していたこと、店の入口付近にずっといたことからも、彼女はなにかを監視していたと考えるのが自然だろう。となると、向かいにある甘味処の『雪ひさ』を見張っていたのかもしれないな」

「あっ、そうか」

思わず声が出た。たしかに、そう考えるのがいちばんしっくりくりする。

「もう少し推理を進めよう。では、彼女は探偵かなにかだろうか。いや、それは考えにくい。探偵ならばわざわざ男装などという面倒な手段は取らないだろう。べつに書店に婦人がいたって不自然ではないからな。彼女が男に化けていたのは、監視対象が顔見知りであるからだ。となると、彼女が探っていたのは旦那かもしれないな。旦那が『雪ひさ』で女と逢っているなどの情報があり、不義密通の現場を押さえようとしていた、とかな。毎週土曜日であるのも、それが最も疑わしい曜日だったのだろう。このへんはもう、多分に臆測でしかないがな。

サタデーがもし『雪ひさ』を監視していたなら、事前に店で確認は取ったはずだ。『雪ひさ』の主人に聞いてみたらどうだ。三週間から一箇月ほど前に、店の客のことを尋ねる婦人がいなかったか、とな。もしいたら、それが十中八九サタデーだろう」

なるほど、と感心する。

理詰めで考えれば、サタデーが顔見知りを探っていた人物であるのは間違いなさそうだ。職業探偵ではない婦人であるならば、旦那の不貞を疑っての行動、という筋書きは十分にありうる。

佐良と久良がサタデーを追ったと聞いたとき、特に危険な人物ではないはずだと佐久路が断じた理由もわかった。

「ただひとつ――」佐久路が顔を曇らせる。「訪れる時間がばらばらだった、という点は少し腑《ふ》に落ちないのだがな」

「それは、サタデーにだって用事はあるでしょうし」

「まあ、これ以上は砂上に楼閣を建てるようなもんで、臆測に臆測を重ねても意味はなかろう」

佐久路は自分を納得させるように、小さく何度も頷いた。

こうして謎に満ちた人物、サタデーの正体は、存外にあっさりと当たりがついたのだった。

四

額から垂れた汗が、頬を伝って顎の先からしたたり落ちる。

街はすっかり夏の陽射しに包まれていた。

「あづい、おもい……」

こよりは弱音を漏らす。暑さに加え、背負った風呂敷包みの重みが、親の仇《かたき》のように体力を奪ってゆく。風呂敷の中身は云うまでもなく書物である。本の重さに音を上げるたび、書店で働きはじめたことを少しだけ後悔する。少しだけ、ではあるけれど。

例によって、ほかの書店へ届けるための本で、優に二十冊以上はある。九段下《くだんした》の向こうにある店で、市電を使うほどでもない微妙な遠さだった。自転車を使えればいいのだけれど、あいにくこよりは自転車に乗れない。これくらいなら大丈夫だろうと、背負って歩くことにした。

途中、漕《こ》がずとも自転車に乗せて運べばよかったんじゃないか、と気づいたものの時すでに遅し。すでに半分近くに達していて、いまさら戻ってもほとんど意味がなかった。

「残り半分は切ったよね。がんばれ」

こよりが気合いを入れるようにつぶやいた地点は、高柴書店のそばだった。

ここでサタデーの話を聞いてから、すでに二週間あまりが経つ。

佐久路の推理したとおり、甘味処『雪ひさ』には客のことを尋ねる婦人が訪れていた。サタデーが最初に現れる数日前のことで、時期的にも一致する。

それも含め、佐久路の推理は高柴書店の人に伝えていた。なんだそんなことだったのかと、皆一様に拍子抜けしていた。謎というのは明らかになってしまえばそんなものだ。であれば、ほうっておいて問題ない、という結論である。

とはいえ、あれきりサタデーは姿を消してしまった。翌週も、翌々週の土曜日も、姿を見せなかったのである。おそらくもう訪れることはないのだろう。サタデーの目的は別の方法で達成されたのか、なんらかの勘違いであったのか、それともあきらめたのか、彼女が監視をやめた理由はわからない。ともあれ、ひょんなことから首を突っ込んだサタデー事件は、こうしてあっさりと落着したのだった。

なお、あの日『雪ひさ』を出たあとに逃走した佐良と久良は、サタデーの住処を突き止めるため、こっそりとあとをつけていたようだ。そして首尾よく彼女が――二人はいまだサタデーが男だと思っているけれど――長屋の住居に入るところまで見届けていた。後日二人と買い物に出かけたとき、佐久路には内緒だよ、と前置きして教えてくれた。

九段下の書店に、無事に書物を届け終わる。

その帰り、重い荷物から解放された気安さか、こっちほうが近道かなと大通りを避けて裏道に入り、そうした場合の常で案の定こよりは道に迷いかけた。

「あれ？」ふと声を漏らす。「ここって……」

眼の前にある長屋こそ、佐良と久良に教えてもらったサタデーの住処である。と、まさに眺めていた玄関が開き、中からひとりの婦人が姿を現した。

見た瞬間、こよりは「あっ」と声を上げてしまった。

彼女こそ、まさしくサタデーその人だったのだ。横顔をちらっと見ただけだったけれど、面立ちや眼の印象からまず間違いない。なによりサタデーはこの住居に帰っている。

声を上げて固まったこよりを見て、サタデーは訝しげに眉を寄せた。こよりは慌てて眼を逸らし、なにごともなかったように歩みを再開させたけれど、

「ちょっと貴女、お待ちなさい」

うしろから呼び止められた。

「ハ、ハイ。ナンデショウカ」

出来の悪い絡繰《からくり》人形のように振り返る。明らかに挙動不審だ。

「貴女いま、わたしの顔を見て驚いた顔をしたでしょう。そしてそのことを必死に隠そうとしている。どういうこと」

「そ、そんなことないですよー」

「どういうこと」

眼の前に婦人の顔があった。その迫力に、こよりは思わず頬が引き攣った。

「は、はい。全部、話します……」

高柴書店で謎の客として話題になっていたこと、たまたまその話を聞いて、状況からおそらく男装した女性であると推理したことを掻い摘《つま》んで話した。さすがに佐良と久良が彼女のあとを追ったことは伏せておく。

「――それでおそらく『雪ひさ』を監視していたのではないかと、推測していたんです」

こよりの話を聞いて、彼女は可笑しそうに笑った。

「そっかあ。男装だってばれてたんだね。ほら、わたしってわりとごつい顔してるから、大丈夫だと踏んだんだけどね。頭も短い断髪だから、帽子をかぶればごまかせるし」

言葉遣いも男っぽく、さっぱりとした、快活そうな婦人だった。悪い人でもなさそうだし、ここで逢ったのもなにかの縁だと、こよりは思いきって尋ねることにした。

「それで、その、サタ――奥様の目的は果たせたのでしょうか」

サタデーはにやにやと笑いながら逆に質問してくる。

「わたしが『雪ひさ』を見張っていた理由はなんだったと推理していたの」

「えっと、それは、あくまで揣摩臆測《しまおくそく》でしかないですけど、旦那さまの密会、とか？」

はっはっはっ、と彼女はまるで男のように呵々大笑《かかたいしょう》した。

「密会、ねえ。そもそもわたし独り者だからね。さっき奥様って呼んだけど、違うから」

「あっ、そうなんですね。ごめんなさい」

だとしたら、当然のように夫の不義密通の監視などではなかったことになる。

「ここだけの話。絶対に他言無用だと約束してくれる？」

「あっ、はい……」

なんだかよくわからぬまま、気圧されたようにこよりは頷いた。サタデーは鋭い眼差しで、密やかに云った。

「わたしは、某国の諜報員《ちょうほういん》なの」

「へ？」

「日本の新型潜水艦に関する機密書類が、ある国の工作員によって持ち出される、という情報をわたしたちは摑んだ。その受け渡しの取引が、土曜日に『雪ひさ』でおこなわれることもわかった。けれど情報には欠落があって、それがいつの土曜日になるかはわからなかったの。そこでわたしたちは仲間とともに、毎週『雪ひさ』を見張ることになったわけ。ずっと同じ場所、同じ恰好でいると怪しまれるから、適度に場所や服装を変えてね。男装したのもその一環よ」

「そ、そうだったんですか……」あまりに予想外の話に、巧く頭が廻らない。「それで、監視をやめたってことは、無事に目的を果たし――」

しゃべっている途中で、サタデーの人差し指が唇にあてられた。

「話せるのはここまで。それ以上は穿鑿無用よ。そして他言も無用よ。ただ、もうそのお店に姿を見せることはないから。それじゃあね、小さな探偵さん」

片手を上げて、サタデーは颯爽《さっそう》と去っていった。

こよりはそのうしろ姿を茫然と見送った。

彼女の話したことは本当なのだろうか。そんな映画の中のような出来事があるのだろうか。だとしたら、そんなの推理できるわけがない。

けれど本物の諜報員が、機密扱いであろう作戦の内容を、たとえ終わったことでも見知らぬ一般人に話すだろうか。とはいえ彼女が自分とここで逢ったのは、紛れもない偶然だ。ただの婦人が、あんな話を即興でつくり出せるとは思えない。それに語り口調や振る舞いも、自信と威厳に満ちていた。彼女が職業婦人以上の、ただものでないことは間違いない。それでもやはり、話を鵜呑《うの》みにするのは抵抗があるし、さまざまな疑問も思い浮かぶ。

考えれば考えるほど、わけがわからなくなってきた。

結局、解明できたと思えた謎は、さらに混迷を深めただけだった。「秘密」という魅惑は、『秘密』と違って剝ぎ取られずに残った。

「これはこれで、いいのかな」

往来でひとりつぶやき、こよりは微笑む。

「あ、早く戻らないとまた怒られちゃう」

こよりはねんねこ書房へと帰り路《じ》を急いだ。云われたとおり、このことは自分の胸だけに秘めていようと考えながら。

余談ではあるが、数日後サタデーの住処は蛻《もぬけ》の殻になっており、周りの誰に聞いても、彼女の素性を知る者はなかったという。

第四話

霊も、死者も、見えるのです

——村井弦斎『食道楽』

日本人に発明の出来ないのは能《あた》はざるにあらず為《な》さゞるなりだ、無用な似非《えせ》風流に脳力を費して実用な事に心を向けんからだ、遠い昔の芭《ば》蕉《せう》や其角《きかく》の句は諳誦《あんしよう》して居ても毎日食べる玉子は何《ど》れが新しいか古いか知らん様な迂闊《うくわつ》な心掛では何うして此の文明世界へ進む事が出来やう、

村井弦斎『食道楽　春の巻』——報知社（明治三十六年刊）

一

大きく開かれた襖《ふすま》の向こうには、幽玄《ゆうげん》たる庭園がひろがっていた。夏の陽射しを浴びて、鵯《ひよどり》だろうか、鳥が梢《こずえ》に留まり、甲高い鳴き声を響かせた。東京の市内にあるとは信じられないほど屋敷の中は森閑としていて、まるで時間が止まっているかのように感じられる。贅沢で、優雅なひとときだった。

「こよりくん。どうした、手が止まってるぞ」

「は、はいぃ！」我に返り、思わず声が裏返る。

「いま顔が死んでたぞ。限界か」

「大丈夫です。ぜんぜん大丈夫です」

「そうか、なら構わんが」

いま完全に心が遊離していた。というより逃避していた。こよりは自らを奮い立たすようにぶるりと武者震いすると、再び帳面へと向き直った。

場所は赤坂《あかさか》区の住宅地にある伯爵《はくしゃく》家の屋敷だった。先日、この家の蔵書を買い取ってほしいという依頼がねんねこ書房へと舞い込んだのである。詳しい経緯は聞いていないけれど、佐久路の人脈と実績による指名だったのだろう。

本を買い取るために佐久路が客の自宅に赴くことはままある。もっとも彼の場合、内容によっては別の書店へ廻すことも多いようだったが。

しかし今回のような大口の仕入れというのはそうそうないことだった。しかも伯爵家の蔵書となれば、大量の佳品や珍品も期待できる。かなり大きな商いとなるのは確実であり、店を臨時休業し、こよりも初めて買い取り業務に同行することとなった。

伯爵家だけあって敷地は広く、寂《さ》びた雰囲気の赴きある邸宅だった。案内されたのは庭に面した部屋で、つづきとなる隣の十二畳の部屋に、いくつもの本棚が置かれていた。その本を全部、買い取ってほしいということのようだ。その大半は帙入《ちつい》りの和本で、古典籍と呼ばれるものだった。古典籍の定義は曖昧《あいまい》なところもあるようだけれど、平たく云えば「明治以前の古い本」である。こよりはそう理解していたし、少なくとも古書店の世界ではそれで特に問題はなかった。

古典籍は大別して写本と版本に分かれ、経籍、史書、詩文など種類もさまざまだ。そういったものにほとんど触れたことがなく、また知識もないこよりにとっては、どれもこれもが尋常ならざるお宝のように思えてしまう。

その量は膨大で、朝の十時に赴いたものの、とても一日では見きれないように思えたし、実際二日がかりの作業となった。

段取りとしてはこうだ。まずは佐久路が一冊ずつ検《あらた》め、買い取り金額を記した紙を挟む。それらをこよりが書名と金額を帳面にまとめてゆくという塩梅だ。しかし古いものが多く、どれが題名なのかわからなかったり、読めなかったりもしばしばあった。その場合は佐久路に尋ねるのだが、途中からはわかりにくそうなものは書名も紙に書いてくれるようになった。また、虫食いの有無など本の状態や、欠けている巻などの注記があれば、それも帳面へと写してゆく。

ねんねこ書房で扱っているのは洋本ばかりだけど、佐久路は古典籍の知識も十二分に備えているようで、手を止めることなく次々に査定を済ませていった。だからこそ今回の依頼も請けることができたのだろう。以前は表通りにある大きな店の主だったようだし、そのときは和本も取り扱っていたのだと思える。

焦る必要はないから、間違いのないように、丁寧に、という佐久路の云いつけを守りつつ、こよりも帳面へとひたすら書き込んでゆく。単純で、けれど正確性を要求され、しかも終わりの見えない作業は、想像以上に心身ともに疲弊するものだった。一日目は午後八時で切り上げたのだが、帰りはしゃべる気力すらなくし、部屋に戻るとそのまま倒れ込むように眠ってしまった。

二日目の今日は、作業に慣れたこともあってか、昨日よりは楽に感じた。処理の終わった本が着実に増え、終わりが見えてきたことも大きいかもしれない。それでもときおり、さっきのように意識が飛びそうになるのだけれど。

「失礼します」

声が聞こえ、こよりは手を止めて顔を上げた。お盆を持った年若の女中が一礼して部屋に入ってくる。

「お疲れさまです。こちら当家のシェフのつくりましたカステラとシュウクリームです。おやつにどうぞ」

「ありがとうございますぅ！」

心より感謝の声をこよりは上げる。

お茶と西洋菓子の載った盆を置いて、女中は去っていった。柱時計を見るとちょうど午後三時。もうそんな時間か、とこよりは独りごちた。

佐久路が立ち上がり、お盆のそばに寄ってくる。

「少し休憩にしようか。ありがたく菓子を頂戴《ちょうだい》しよう」

待ってました！　こよりは心中で快哉《かいさい》を叫んだ。

カステラもシュウクリームも、べらぼうにおいしかった。カステラの生地はしっとりとして、たしかな弾力がある。甘さはしつこすぎずに上品で、嚙みしめるほどに口の中に優しくひろがってゆく。シュウクリームの皮はさくさくとしていて、中の生クリームはふわふわで蕩けるようだ。いずれも菓子の甘みが、疲れた身体に染み込むように、血中に溶けるように吸収され、甘美な恍惚《こうこつ》さえ感じた。疲労を抜きにしても、これまで食べたどんな西洋菓子よりも旨かった。

「はあぁ、おいしいですぅ。幸せですぅ」

「まったくだ。異論はない。勝手道具の質、調理の腕もさることながら、材料も相当に上物を使っているのだろうな」

こよりとは違って、佐久路はいかにも冷静だ。

「シェフの腕がいいのはたしかでしょうけど、材料でそんなに変わるもんですかね」

「変わるさ。卵ひとつ、バターひとつの差で、驚くほどに味は変わる。料理とはそういうものだ」

「はあ、なるほど」

きっと佐久路は料理にも一家言あるのだろうなと思う。

彼のような立場としては珍しく、根来家は使用人を雇っていない。いつも佐良と久良だけでなく、こよりの分の食事も佐久路がつくってくれているのだ。さすがに申し訳なく、自分がつくりましょうかとこよりは提案もしたのだが、もう生活の一部だから気にしなくていいと云われた。実際佐久路のつくる料理は贅沢なものでも、手の込んだものでもなかったけれど、いつも堅実においしかった。それはやはりすごいことだと思えた。

おやつを食べ終えると、気力が充填されたのを感じた。作業もいよいよ終わりが見えてきた。

さあ、最後のもうひと踏ん張り、がんばりますか！

両のこぶしを握りしめ、こよりは気合いを入れ直した。


夏の日もすでにとっぷりと暮れてはいたけれど、神保町古書店街の灯はまだ消えてはいなかった。

午後六時すぎにすべての本の評価と記帳が終わり、それから約二時間をかけて確認と合計額の算出をした。明細と総計を記した紙を執事に渡し、丁重に頭を下げ、午後八時に伯爵家を辞することとなった。

提出した評価額に先方が納得してくれるかどうか、返事がどうなるかはわからないけれど、大仕事をやり終えた心地好い疲労を感じつつ、神保町に戻ってきたところだった。

なお、もし滞りなくねんねこ書房が買い取ることになったとしても、大半は和本、古典籍なので店で扱うことはないようだ。特殊な本など、一部は知り合いの店に卸す場合もあるが、大部分は市場に出品して入札にかけることになるだろうとのことだった。つまりはねんねこ書房主催のセリ市を開くということである。貴重な本の入荷が大口であったときには、まま開催されるものらしい。これもまた、大きな商いとなるはずだった。

「こよりくん――」市電の停留場を降りて歩いていると、佐久路が話しかけてきた。

「腹は減ってるよな。飯を食って帰るか」

「あっ、いいですね。ぜひぜひ」

「肉は好きか。洋食とか」

「大好きです！　あまり食べる機会はないですけど」

「では、お疲れさんということで、今夜は洋食としよう。行きつけの店があるからな。金の心配はしなくていいから、たっぷり肉を食いたまえ」

「ありがとうございます！」

やった。洋食が食べられる。こよりはほくほくと顔を綻ばした。

周囲を見廻しながら、しみじみといった調子で佐久路はつぶやく。

「しかしここ神保町でも、飯を食わせる店がずいぶんと増えた」

釣られるようにこよりもあたりを見廻した。たしかにいろんな食事処が数多くある。思い出せるだけでも、そばやうどん、牛鍋屋、おでん、丼物を扱う食堂など、本当にさまざまだ。

「昔はいまほどではなかったんですか」

「そうだな。眼に見えて増えたのは震災以降だな」

「手軽にはじめられるから、ですかね」

昨年の九月一日に起きた大地震と、それに伴う火災によって、このあたりも多分に漏れず多くが焼け野原になったと聞く。食事を提供する店ならバラックや屋台などで、なにもない状態からでも比較的はじめやすい気がした。

「それもあるだろうし、需要がひろがったというのもあるだろう。震災以降、外で食事を摂る人が、より増えたように感じるからな」

実業之日本社文庫

安達瑶

悪徳探偵《ブラック》 お泊りしたいの

ヤクザと悩殺美女が旅行業に!?
甘い誘惑が待っていて

民泊、寝台列車、豪華客船……ヤクザ社長×悩殺美女が旅行業に乗り出した！旅先の美女の誘惑に抗えない飯倉だが——絶好調悪徳探偵シリーズ第４弾！

定価（本体667円+税）978-4-408-55428-0

伽古屋圭市

ねんねこ書房謎解き帖 文豪の尋ね人

書き下ろし

秘密の鍵は文豪の手に!? 古書店に持ち込まれる謎を、無頼派店主があざやかに解決する大正ロマンな古書店ミステリー！

定価（本体648円+税）978-4-408-55427-3

車浮代

落語怪談 えんま寄席

「芝浜」「火事息子」「明烏」……落語の世界の住人が死後に連れてこられる「えんま寄席」でのお裁きは？ 本当は怖い落語ミステリー。

定価（本体620円+税）978-4-408-55429-7

西村京太郎

十津川警部捜査行 北の欲望 南の殺意

傑作トラベルミステリー集！

殺された……め、三田……彼女の過去に手がかりを求

同郷の盟友……

南英男

探偵刑事《デカ》

書き下ろし

未解決事件に喰らいつけ！

警視庁特命対策室の郡司直哉は探偵稼業を裏の顔に持つ刑事。正義の男の無念を晴らすべく、手段を選ばぬ怒りの鉄拳が炸裂。書下ろし痛快ハードサスペンス！

定価（本体685円+税）978-4-408-55431-0

（…現在）13桁の数字はISBNコードです。ご注文の際にご利用ください。

…も本が好き。

©山下以登

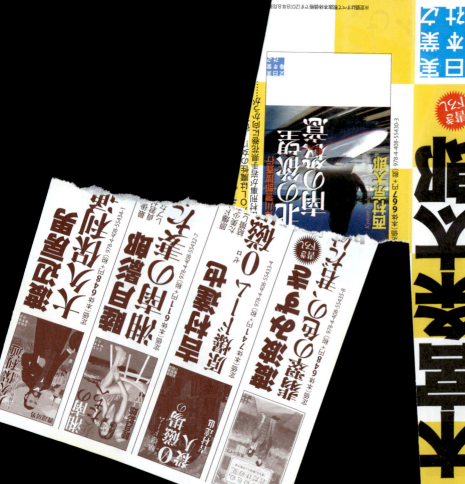

「ああ、なるほど。それはあるかもしれませんね」

　それも安価に食事ができる店の種類や数が増えて、自分たちのような裕福でない層に広まっているように感じる。それはもちろんこの界隈だけでなく、東京中で共通していることなのだろう。

　大震災を機に、この国でなにかが変わりはじめたのを感じる。なにがどうと、はっきりと説明できるものではないけれども、人々の考えや生活などに、たしかな変化が訪れている。それは単純な時代の流れとは明らかに別の、やや歪《いびつ》な力だった。料理屋が増えている件も、その大きな変化の一部が目に見えるかたちで表出した、一例のように思えた。

　この変化が、はたしていいことなのか、悪いことなのかは、いまはまだわからないのだけれど。

　佐久路とそんな会話を交わしているうちに、目的となる店に着いたようだった。書店が並ぶ神保町の裏通りよりさらに一本南に入った場所にある、煉瓦《れんが》造りの洋風な佇まいの店だった。ステンドグラスというのだったか、色つきのきれいな硝子《ガラス》が窓には嵌《は》め込まれ、白鳥や薔薇《ばら》の花を描いていた。

　欧風の洒落《しゃれ》た看板には『諌浪亭』と書かれている。ローマ字で「Isanami tei」とあるので、読みは「いさなみ」だろう。

いさなみ……？　こよりは首を傾《かし》げる。最近どこかで聞いたことのあるような。

考える間もなく佐久路は扉を開けて店に入っていき、こよりは慌ててあとを追う。

「いらっしゃいませ」

洋食店にしてはやたら艶っぽい声が聞こえ、同時にこよりは「あっ！」と声を発した。眼の前にいる女性と記憶が繋がる。

「縫子さん、縫子さんじゃないですか！」

「あら。ねんねこのこよりちゃんじゃない」

「なんだ。二人は知り合いなのか」と佐久路。

「このあいだ佐久路の店を覗いたときに逢ったのよ。貴方《あなた》は出かけていていなかったけれど」

「そうか」

さほど気に留めない様子で佐久路は席に坐った。こよりも対面に腰かける。店内も洋風の洒落た造りだった。テーブルの横に見えるステンドグラスが美しい。

二人はこの店を通して知り合ったのか、それとも知り合いの店だから行きつけになったのか、順番はわからないけれど、佐久路と縫子はそういう関係のようだ。

渡されたメニューとにらめっこする。

ちなみに帰りが遅くなることも予想されたので、佐良と久良は顔馴染みのご近所さんのところで世話をしてもらっているので心配はない。

佐久路はライスカレー、こよりは牛肉のシチュウ、加えて二人で分けようとカツレツも注文する。肉三昧だ。

なお、値段は学生や労働者相手のそのへんの料理屋とは、桁がひとつ違っていた。目玉が飛び出るほどではないけれど、庶民が気軽に通える店ではない。

提供された料理は値段に見合って、いやそれ以上に素晴らしいものだった。牛肉は蕩けるようにやわらかく、甘くもあり酸っぱくもある複雑な味わいのソースが絡みつき、濃厚な芳香と食感が舌を喜ばせてくれる。日本食では味わえない満足感だ。やっぱり肉はいい。生きる喜びが舌と胃を通して染み込んでくる。この時代に生まれてよかったとしみじみ思う。

カツレツも油っぽいだけの安価なものとは明らかに別格の旨さで、ナイフとフォークに悪戦苦闘しつつもこよりは瞬く間に平らげた。

至福の満腹感に浸りつつ、食後の珈琲をいただいていると、縫子がさも当然のように佐久路の隣に坐った。彼が眉をひそめる。

「ちゃんと仕事をしろ、仕事を」

「いいじゃない。もうほかのお客さんも帰ったし」

来店したときは二組ほどいた客も、気づけばいなくなっていた。

「ところで——」縫子が意味深長な視線をこよりに向けてくる。「あのときの話はちゃんと内緒にしたかしら」

「あのときの……？」佐久路と双子の関係についての話だと思い当たる。「あ、ええと、はい」

佐久路のいる前で話していいのだろうかと、どぎまぎしつつ答えた。案の定、彼は不審げな顔つきで口を挟んだ。

「また変な話を吹き込んだんじゃないだろうな」

「あら、ずいぶんね。このお嬢さんがね、佐久路と佐良と久良の関係について興味津々だったから、教えてあげたの」

「で、なんて云ったんだ」

「貴方の愛した女性の忘れ形見だって」

妖艶な微笑とともに縫子は告げ、佐久路は珈琲が波立つような太いため息をついた。忌々しそうな眼でこよりを見つめる。

「いいか。この女の話は、全部出鱈目だからな」

「嘘なんですか！」

「信じていたのか……」佐久路は額に手をあて、もういちどため息。「どうせ新派劇のような、家庭小説のような悲劇を語ったんだろうが、そんなわけがないだろ」

「嘘、だったんですね……」

呆気に取られることよりの前で、縫子はくすくすと笑っていた。どうにも食えない人だ。

じつはあのあと、では佐久路の捜している女性は何者なのだろう、という疑問は生まれた。縫子の語った話とはうまく繋がらなかったからだ。それとこれとはまた別の話なのだろうと、納得はしていたのだけれど。

では、真実はどうなんだろう。いまなら聞けるだろうかとことよりが口を開きかけたとき、軽快な鐘《ベル》の音がした。

いらっしゃいませ、と縫子が立ち上がり、釣られてことよりも扉を見やる。洋装に身を包んだ、すらりと背の高い四十半ばくらいの男だった。

「あら、先生。お久しぶりですね」

縫子が告げると同時に、佐久路も立ち上がる。

「これはこれは永井《ながい》さん。ご無沙汰しております」

「おお、佐久路くん。久しぶりだね」

どうやら三人とも知り合いらしい。

永井と呼ばれた人物は「まだ大丈夫かな」と縫子に尋ね、別のテーブルに坐った。

佐久路も腰を下ろし、こよりにそっと教えてくれる。

「作家の永井荷風《かふう》先生だよ」

ああ！　と驚いたふうに口を開けたけれど、正直よく知らない。なんとなく名前は聞いたことあるような、ないような。

これを機に退散することにして、縫子にその旨を伝えると、「ちょっとだけ待ってて」と彼女は告げた。しばらく永井の相手を務めたあと、こよりたちのテーブルに戻ってくる。今度はさすがに坐らず、脇に立ったままだ。

「じつは佐久路にお願いしたいことがあるの。明日にもねんねこ書房に行くつもりだったのだけれど、今日来てくれてちょうどよかったわ」

「ほお、珍しいな。聞くだけ聞いてやる」

「貴方のもうひとつの稼業よ。例の萬相談事承り」

「君がか」

「いいえ。知り合いの女性よ。彼女も洋食店をやっていて、それで知り合ったのだけれど、近ごろ変な出来事に見舞われて困っているみたいなの。今日たまさか逢ったときにその話を聞いて、それで貴方を紹介してあげようかと思ったのよ。どうかしら」

「ふむ――」佐久路は小さく頷く。「君の知り合いかどうかにかかわらず、断る理由はなかろう」

ふふ、と縫子が笑う。

「ありがとう。お礼に珈琲代は負けとくわ」

そう云って彼女はまるで西洋の映画女優のように片目をつむった。その仕草は自然で、様になっていて、同じ女性として憧れに近いものをこよりは感じた。

二

縫子はあの日すぐに知人の女性に連絡を取ったようで、翌日の午前中、ねんねこ書房にさっそく相談者がやってきた。

年のころは三十前後。小柄で、癖のない顔立ちながら、凜《りん》とした不思議な魄力《はくりょく》の感じられる女性だった。着物も帯も白っぽく、薄い灰色の柄が上品にあしらわれていた。

「このたびはわたくしどもの相談に乗ってくださるとのこと、誠にありがとうございます」張りのある、涼やかな声で彼女は告げた。「これはつまらないものですが」

彼女は持参した紙袋を差し出した。こよりの眼がにわかに光る。おいしいと評判の、あの白栗庵の紙袋だ！　初めてこの店にやってきたとき、佐久路がくれた饅頭の店である。

「いや、細々とだが、これもいちおう稼業としてやってるんでね。気遣いは無用だ」

佐久路の返答に、こよりは眼を剝く。まさか、受け取らないわけではないですよね！

「ええ。そのあたりは縫子さんからも聞いております。たんなるお近づきの印ですので、どうぞ遠慮なさらず」

「そうか。ではいただいておこうか」

よし！　こよりは密かに握りこぶしを固めた。

相談者にはいつものように店内の奥、帳場の横にある椅子に腰かけてもらう。彼女は、九原米《くはらまい》と名乗った。

佐久路は帳場に坐り、「当ねんねこ書房の店主、根来佐久路だ」と例によって名刺を渡した。彼女が確認するのを待って、切り出す。

「さて、なんでも変な出来事に見舞われているとか。聞かせてもらおうか」

「はい。わたくしは夫とともに洋食店をやっております。場所は水天宮《すいてんぐう》で有名な、人《にん》形町《ぎょうちょう》通りから少し入ったところにあるのですが、屋号は『幽明軒《ゆうめいけん》』といいます。幽霊の幽に、明るい軒です」

変わった名前の店だな、とこよりは思う。店名に「幽」という字を使うのは珍しい。

そこで米は、つと眉を曇らせた。

「じつは店の周りで最近、心霊現象が起きているのです」

「し、心霊現象ですか」こよりは驚きの声を上げる。「それって、つまり、幽霊が出たり、亡霊が出たり、ですか」

云ってから、幽霊と亡霊はどう違うんだろうと疑問が湧くが、とりあえずいまはどうでもいい。それではまるで、店名に引き寄せられているようではないか。

険しい顔のまま、米はゆっくりと頷いた。

「おおむねそのようなものです。最初の異変は、十日ほど前のことでした——」

幽明軒の前にはやや広めの空地があり、ある夜、そこで人魂《ひとだま》が漂っていたと噂が立った。狐火《きつねび》や鬼火《おにび》とも呼ばれる火の玉だ。

米たちの自宅は別の場所にあり、店は夜のあいだ無人となるため、幽明軒の人間は誰も直接は見ていない。しかし、確認できただけでも二人の目撃者がいた。時刻は午前零時前後のことで、青白く光る火の玉が、ひとつならず二つもふわふわと漂っていたのだという。

なにかの見間違いだろうと、特に気にしていなかったのだが、その三日後にも異変が起きた。

「今度は女の幽霊が目撃されたんです。淡くぼんやりと光る、足のない女の幽霊だったそうです。そのころから、厭な噂が流れはじめました。幽明軒は呪《のろ》われているとか、悪霊に取り憑《つ》かれているとか、そういうたぐいのものです。明白に客足も落ちはじめました。そうして畳みかけるように、三度目の怪異が先日起きました」

まだあるのか、とこよりは呆れる。

「今度は店の敷地に、大量の血が撒《ま》かれていたんです。それだけではなく、店の玄関付近には黒猫と鴉《からす》の死骸が置かれ、扉や壁には血の手形がついていました」

　このよりは思わず口もとを手で覆った。それはかなり怖い。心構えもなくそんな光景に出くわしたら、血の気が引いてしまうかもしれない。

　それが、三日前のことだった。

「このころにはうちの人間も警戒して、夜中にもときどき店の敷地を巡回するようにしていたんです。その甲斐もあり、午前四時に発見することができました。その前に巡回したのは午前二時でしたので、二時間のあいだの犯行だったはずです。犯人を目撃することはできませんでしたが、幸い発見が早かったので、明け方までに死骸などあらかたは処理することができました。それでも目撃者はいたようで、血の手形や、猫や鴉の死骸の噂は流れているようですが」

　米はつらそうに、ゆるゆると首を振った。

「その血は、人間のものだったのかな」

　佐久路の問いかけに、米は毅然とした口調ですぐさま否定した。

「違うと思います。べつに科学的な鑑定はしておりませんが、おそらく豚や鶏の血ではないかと」

　佐久路が、ふふっ、と口もとを綻ばせる。

「お見受けするかぎり、まるで恐れは抱いていないようだね」

「いいえ、恐れは抱いております。ただしその対象は生きている人間です。これらが霊的なものだとは微塵も思っていませんから。誰かの、人間の仕業であることは間違いありません」

「真っ当に考えれば、そうだろうな」

「ですが、誰が、どうしてこんな厭がらせをするのか、まるで見当がつきませんし、どうすればいいのかもわかりません」

米の言葉からは、やるせない悔しさが滲んでいた。

本当にひどい話だと、こよりも憤慨する。とはいえ警察に行ったところで、なにをしてくれるわけでもない。恐れる客にこれは厭がらせなのだと説明しようにも、怨霊《おんりょう》だのなんだのと考える人は、そもそも店に来てくれない。仮に心底信じてはいなくとも、不穏な場所から足が遠のくのは自然な反応だ。犯人を褒めるつもりはないけれど、厭がらせとしてはじつに効果的なやり口に思えた。

「いくつか、質問をさせてくれるかな」佐久路は変わらず淡々とした様子だ。「まず、恨まれる心当たりはあるだろうか。店でも、個人でも」

「それは真っ先にわたくしたちも考えました。けれど、ここまでのことをされる謂《いわ》れは、まるで思い当たる節がないのです」

「でも――」こよりが口を挟む。「逆恨みというのもありますしね。誰が、どんなきっかけで、恨みを募らせるかわからないですもん」

米は悲しげに頷く。

「おっしゃるとおりです。可能性だけなら、何件かは心当たりがないわけではないです。たとえば最初の人魂騒動が起きる少し前、店で激しく文句を云ってきたお客さまがいまして」

「どのような理由で」佐久路が尋ねた。

「料理に木片が入っていたというものです。誤って嚙んでしまって、歯が欠けたと。ここだけの話、正直云いがかりだろうとは思いました。木片はたっぷりとデミグラスソースにまみれていましたけれど、調理中に木片など入り込む余地はなかったはずです。ですがそこで反論してもこじれるだけですし、こちらは平謝りです。これもここだけの話ですが、代金を踏み倒すため、わざと云いがかりをつける客は常に一定数いるのです。どのお店でもそうだと思います。そのときは歯が欠けたということでもありましたので、後日、見舞金を持って丁重に謝罪にも伺いました」

「相手は男だよな」

「はい。四十絡みの男性の方です」

「謝罪に訪れたときの相手の様子は」

「ぶっきらぼうでしたが特に怒っているわけでもなく、見舞金を素直に受け取って、それだけです」

「だとすると、その男の逆恨みとも考えにくいな。仮に飯代をちょろまかそうとする小悪党であったなら、なおさら厭がらせをする意味はない」

そうですね、と云って米は薄く笑った。

「ですが、ここ何箇月かで、大きな揉《も》め事と云えるのはそれくらいで。わたくしも、主人も、個人的に大きな出来事もありませんし」

「幽明軒を開いたのは、いつだろうか」話題を変えるように佐久路は聞いた。

「五年ほど前になります」

「それ以前は別の土地で？」

「いえ、いまの場所が初めてのお店です。主人は以前、別の洋食店で働いていたことはあるのですが」

「いまの土地で開業するときや、ご主人が独立するときに悶着は」

「ありません。非常に円満に進められたはずです」

「店は繁盛しているのかな」

「おかげさまで。特にここ一、二年は、とても繁盛しております。手前味噌《てまえみそ》になりますが、主人のつくる洋食はたしかなものですので」

「となると……」

気難しい顔をして腕を組んだ佐久路を見て、こよりも閃《ひらめ》くものがあった。

「わかりました。わたし、わかっちゃいましたよ。きっと、近隣のお店の仕業ですよ。同じ洋食店かどうかは不明ですけど、幽明軒のせいで売上げが落ちた店が、評判を落とそうとして厭がらせをしているんです」

佐久路は神妙に頷いた。

「その可能性は、あるだろうな。それこそさっき君が云った、逆恨みってやつだ。実益にも適《かな》っている」

「あまり信じたくは、ないですけど……」

苦しそうに米は声を絞り出した。可能性は認めつつも、近辺にある同業者を疑うことは、彼女としても心苦しいのだろう。

その気持ちはこよりにも理解できた。ここ神保町だってそうだ。周りの書店は、たしかに競争相手かもしれないけれど、同時に切磋琢磨《せっさたくま》し、ときに助け合う仲間でもあるはずだ。仲間を疑うのは、やはりやるせなさが募る。

当然のように、佐久路は彼女からの依頼を受諾した。

そのあと、木片が混入していたと文句をつけた男の詳細を佐久路は尋ね、ひとまず米からの情報収集は終了となった。

彼女が店を去ったあと、すぐにこよりは尋ねる。

「佐久路さん。やはり今回もすでに、犯人の目星はついているんですか」

「いや、残念ながらさっぱりだ」

「あら、そうなんですね」

けれど考えてみれば、それが当たり前かもしれない。特に今回のような場合、誰が犯人かは実際に調べるしかない。

「こよりくん」

突然鋭い声で呼びかけられ、背筋が伸びる。

「は、はい。なんでしょう」

「いつぞや云っていたよな。相談事の調査には、女だからできることもあるだろうと。どうだ、今回は探偵の真似事をしてみるか」

「え、わ、わたしが、ですか」

「なんだ、不服か。あのときの言葉は口から出任せか」

「や、そんなわけないですよ！　もちろんどんな任務でもやらせていただきます！」

敬礼をする。これで萬相談事のほうでも働きが認められれば、ますます雇用は安泰だ。給金だって上がるかもしれない。

でも、できれば危険はない感じのやつで。あと、怖くはないやつで。

「うむ。いい返事だ。例の木片男、酒川《さかがわ》という人物らしいが、まずは彼を調べてみたいと思う」

「あれ？　そっちなんですか。彼は可能性としては低いという結論が出たと思ったんですが」

「たしかにそうだ。ただ、彼との悶着は最初の怪異が起きる少し前と、時期的に符合する。さらに、彼は万年町《まんねんちょう》の安宿に逗留しているらしい。真っ当に働いているふうではなかったようだし、流れ者かもしれない。そんな男が、けっして安くはない洋食店に行ったというのも少し引っかかる。仮に料金を踏み倒すつもりであったとしても、わざわざ上野《うえの》から人形町まで出向くだろうか。

とはいえ、多少引っかかるというだけだ。たまたま人形町通りをぶらついていただけかもしれんしな。彼がたんなる云いがかり男なら、それでよし。可能性を潰す意味でも、いちおう調べておく必要はあるだろうという判断だ」

「なるほど。了解しました。それでわたしは、いったいなにをすれば」

「うむ――」佐久路が重々しく頷く。「さて、どうしようか」

まだ考えてなかったんですね。

三

三間ほど前を歩く矢絣柄《やがすりがら》の男の背中を、こよりは睨みつけるようにして歩いていた。

重要なのはいかに頃合いよく、いかに自然にやるかだ。

じっとりと手汗をかいていた。汗ですべらないよう、右手に持ったブツをしっかりと握りしめる。

男が辻《つじ》を曲がる。あとを追ってこよりも曲がる。少しずつ間を詰めてゆく。残り一間、五尺、三尺、えいや！

「きゃっ！」男の右腕にぶつかり、「ああれぇぇ」倒れ込む。

男が不審げに見下ろしている。不自然だっただろうか。いや、演技は完璧だったはず。

「す、すみません」土を払いながらこよりは立ち上がった。「前を見ずに走っていてぶつかってしまいました。あっ、これはいけません。持っていたお茶がお召し物についてしまったようです」

男の袂を持ち上げる。実際にお茶に濡れ、しっとりと湿っていた。云うまでもなく、ぶつかったときにわざとかけたものだ。

「ああ、本当だな」

男は、いや、酒川は無感情に云った。

「これは誠に申し訳ありません。ああ、なんとお詫《わ》びすればよいのでしょう。あら、あんなところにちょうど甘味処があるではないですか。せめてもの償いに、ぜひともお団子のひとつでもご馳走させてくださいませ」

酒川は眼を細めてこよりを見つめていた。

緊張で胸が高鳴る。怪しまれては、いないよね。今日に備え、昨日映画館を梯子《はしご》したんだ。演技も、台詞廻しも完璧なはず。まあ、映画で音声は聞けないのだけれど。

ふっ、と酒川は唇の端から笑みをこぼした。

「お茶だろ。今日みたいな天気なら、すぐに乾くさ。気にすることたねえ」

なんだ、意外といい人じゃないか。しかしここで引き下がるわけにはいかない。とにかく彼と話をする展開に持ち込まねば。

「それではわたしの気が済みません。ぜひお団子だけでも」

酒川はわずかに怪訝そうな顔をしたものの、ぐるりとあたりを見渡し、道の先を指さした。

「そんなに云うなら、あそこのおでん屋はどうだ。一杯呑ませてくれ」

「ええ、もちろんですとも」

そうして酒川と二人、おでん屋へと向かった。

もちろんこの作戦は、彼が幽明軒の怪異に関わっているのかどうかを探るためのものだ。偶然を装って彼に近づき、じっくり話をする状況をつくろうという計画だった。

そこで昼前から彼の泊まる木賃宿を監視し、午後一時すぎに出てきたところであとをつけた。場合によっては長期戦も覚悟していたけれど、ここまではすこぶるつきで順調だった。

向かったおでん屋は、一日で組み上がったんじゃないかと思えるほど粗末なバラックの店だった。ゴミ山から拾ってきたような粗末なテーブルに、向かい合わせで腰かける。

酒川は肩にかかりそうなほどに髪の長い男で、目鼻立ちは西洋人のように濃く、整っていた。年齢は四十絡みだけれど、きちんと身なりを整えれば俳優と云っても通じそうな渋みがある。

彼はいくつかのおでんと酒を頼んだ。こよりも酒を勧められたけれど、それは丁重に断った。無理強いをするようなこともなく、その点でも好感が持てた。

運ばれてきたおでんは意外にもおいしかった。種はお世辞にも上物ではなかったけれど、しっかりと出汁《だし》が染み込んで、いい味を出している。

もちろんここの代金は調査費となるので懐は痛まない。役得、役得。

酒川はおでんをつまみつつ、こよりの素性や、どうして急いでいたのかなど、質問を重ねた。それらをあらかじめ考えておいた答えで凌ぎつつ、話が一段落した頃合いで、予定していた作戦を実行する。

帯に忍ばせた料紙から、短い髪の毛をそっと取り出し、あたかもおでんの種についていたように持ち上げた。

「やだ、髪の毛。この長さはわたしたちのじゃないですよね。まあ、これくらいはべつに気にならないですけど」

髪の毛を床に捨て、唇を尖《とが》らせる。

「ちょっと聞いてくださいよ。先日、ひどい目に遭ったんですよ。父親と鰻屋《うなぎや》に行ったら、ごはんの中に螺子《ねじ》が入っていて。幸い口に入れる前に気づいたんですけど、ちょっとあり得ないですよね。螺子ですよ、螺子。店の人に文句を云ったら、そんなものが紛れ込むはずがないって、逆に激怒されて。父親も筋金入りの頑固者ですから一歩も引かずに大喧嘩になって。結果的には謝罪はなかったですけど代金は取られず、痛み分けって感じでしたけどね。なんだか疑われたようで気分が悪かったです」

いちばんの好物である厚揚げをほくほくと食べながら、こよりは不満げに語った。云うまでもなく、酒川の反応を見るための作り話だった。あからさまになりすぎないように、異物が混入していた、という共通項だけを持たすようにしている。もちろん考えたのは佐久路だ。

はたして、彼は幽明軒の一件には触れなかった。店名をぼやかして自身の経験を語ることもなく、気のない相槌《あいづち》を打っただけで別の話題へと移った。

その態度は、いささか不自然であるのはたしかだった。もし幽明軒の一件が真実であるならば、避けるような態度は取らず、必ず話に乗ってきたはずだ。異物が入っていると日常的に難癖をつけているとしか思えない。

その後もたわいない話をつづけながら、次の機会を窺う。酒を呑んでいるのもあってか、酒川は機嫌よくしゃべっていて、警戒している様子は感じられなかった。

おでんを追加し、二本目のとっくりも進む。牛すじの話になったところで、いい頃合いだろうと、こよりはさらに突っ込んだ話題を振った。

「そういえばうちの近くに、とてもおいしい肉料理を出す店があるんですよねぇ」

「どこの、なんて店だ」

このころには、酒川はかなり打ち解けた感じになっていた。

「洋食店ですけど、幽明軒ってお店です。幽霊の幽に、明るい軒って名前です。変わってますよね」

酒川は答えず、やや据わった眼でこよりを見つめていた。おでんを取ってさりげなく視線を躱《かわ》しつつ、つづける。

「とってもおいしい店なんですけど、なんだか最近、おかしな噂があって。あの店は呪われているから、行かないほうがいいとか」

「知ってるぞ」這うような低い声で、酒川は云った。

「ああ、幽明軒、知ってますか。わりと有名なんですかね、幽明軒だけに」

「店も知ってるが、噂も知っている。夜中に店の前に幽霊が出たとかだろ」

「そうですそうです。足のない、女の幽霊だったとか。わたしは見てないですけどね」

「ついこないだもあったらしいな。店の前に黒猫や鴉の死骸が置かれていたとか」

「みたいですね。それも幽霊の仕業なんですかね。なんだかちょっと変な感じもしますけど」

雑談をつづけながら、こよりは考える。

この話題には積極的に触れてきた。ということは、やはり彼は怪異には関係していないのか。けれど幽明軒の名前を出したときの、彼の眼差しは、明らかに警戒と疑心を含んでいたように思える。

酒川は残った酒を一気に飲み干し、猪口《ちょこ》を卓に叩きつけた。その勢いのまま立ち上がる。

「じゃ、おれは行くわ。嬢ちゃん、ごっそさん」

片手を上げて、悠々と去ってゆく。

「あっ、はい、どうも」

お礼を云うのも変だし、またぞろあやまるのも変だし、曖昧に答える。とりあえず云い渡されていた話題には触れられたから、成功なんだろうか。あとは佐久路の判断に委ねるしかない。

と、その前に――。こよりは皿を見つめる。

残った大根と蒟蒻《こんにゃく》をありがたくいただこう。残しちゃもったいない。

「あ、すみません。厚揚げとちくわぶを追加で」


ねんねこ書房に戻ると、早かったなと佐久路は驚いていた。無事に任務が完了した旨を告げると、さらに驚いていた。

酒川と出逢ってから別れるまでの一部始終を、求められるままに思い出せるかぎり微に入り細を穿《うが》って事細かに伝えた。

聞き終えた佐久路は開口一番、

「いや、大したもんだ。正直、君を侮っていた。予想以上の働きだよ」

と感嘆の声を上げた。こんなに手放しで褒められるのは初めてかもしれない。自分には探偵としての才能があったのか。

「いやぁ、照れますねぇ。意外な才能が目覚めちゃいましたかねぇ」

「どうせ酒川は無関係だろうと、気楽な気持ちでこよりくんを使わせたんだが――」

なにそれひどい。

「これは予想外に当たりだったのかもしれない」

「当たり？」こよりは眉をぴくりと動かした。

「うむ。おそらく今回の件の犯人は酒川だ」

「本当ですか！」

それはこよりにとっても予想外のことだった。彼は異物混入の云いがかりをつける常習犯かもしれないけれど、怪異には絡んでいないだろうという印象だった。前者の話題は避け、後者の話題には触れてきたからだ。

「少なくとも一枚嚙んでいるはずだ。先日の幽明軒の一件に触れたとき、酒川はたしかに『黒猫や鴉の死骸が置かれていた』と云ったんだよな」

記憶を辿り、自信たっぷりに答える。

「はい、そうです。間違いありません」

「うむ。君の記憶力は信用している。しかしそうなると、彼の言葉はいささか奇妙なことになる。黒猫事件のときは午前四時に発見できたため、夜明けまでに死骸などは処理することができたと米さんは云っていた。だとすれば、仮に猫の死骸を目撃した人物がいたとしても、夜明け前の暗闇ではそれが黒猫だとわかったはずがない。実際、流れた噂話は『猫や鴉の死骸』であったはずだ」

　そうか、とこよりはあごに手をあてた。

「黒猫であるのを知っているのは、幽明軒の人間か、そうでなければ犯人ってことになりますよね」

「そういうことだ」

　こよりは腕を組んで考え込んだ。しかし、どうにも腑に落ちない。

「佐久路さんのいまの推理は納得できます。でも、やっぱり酒川が犯人だとは納得しにくいんですよねえ」

「無論〝黒猫〟のひと言だけで断定するのは早計だろう。現時点ではあくまで疑いにすぎん。ただ、君が抱いているのはそういうことではないよな。理由は説明できるか」

　佐久路の口調は、けっして咎めるものではなかった。むしろ興味を覚えている様子だったので、自信を持って答える。

「いちばんの理由は、印象です。なんと云いますか、そういう陰湿な厭がらせをするような人物には思えないんです。云いがかりをつけるような狡《こす》っ辛《から》いことや、実利の伴う悪事なら、まだ納得できるんですが。

二つ目の理由は動機がわからないことです。彼は食事代を浮かすだけでなく、首尾よく見舞金まで受け取っています。それで万々歳じゃないですか。幽明軒に厭がらせをする理由が見当たりません」

考えながら話したにしては、巧くまとまったように思える。佐久路もまた、納得したように首を揺らした。

「君の抱いた印象を否定するつもりはないし、それを軽んじるつもりもない。印象や直感というものは無意識下の論理であり、軽視できないものだからな。いずれにせよ、君の抱いた疑問と矛盾しないかたちで、酒川の犯行だと説明する推測はある」

「本当ですか」

そこで佐久路は瞑目《めいもく》し、微動だにしなくなった。思索の海に沈んでいるように思え、邪魔をしないようにこよりも息を殺す。一分近く経って、ようやく彼は眼を開いた。こよりを見て、にやりと笑う。

「よし。その推測については、例によって手がかり本で解いてもらおう」

「世界の答えは、すべて書物の中に書かれているのだよ、ですね」

こよりもにやりと笑う。

「そうだ。今回の依頼は、そもそも諌浪亭に行ったことからはじまった。事件の舞台も洋食店。というわけで、今回の本はあれしかなかろう」

佐久路は立ち上がって書棚に向かった。すぐさま一冊の本を取り出す。絵や柄の描かれていない、簡素な装幀の本だった。『増補註釈　食道楽《くいどうらく》　春の巻』と書かれている。著者名は村井弦斎《むらいげんさい》。そして今回、こよりにとっては初めてのことが起きた。

「それ、知ってます。聞いたことあります。わたしの生まれる少し前ですけど、大流行したんですよね」

「そのとおり。明治三十六年に出た『食道楽』は、明治年間で最も売れた小説だとも云われているくらいだ。報知新聞で連載されていて、単行本は春の巻から冬の巻まで四巻。あと、続編も四巻出ている」

「食に関する本、なんですよね」

「そうだ。あくまで小説仕立てではあるんだが、古今東西の料理の紹介から、食材に関することなど、とにかくありとあらゆる食の知識が詰まった本だ。評論家筋や文壇からは、こんなものは小説ではないと罵られたようだがな」

いつになく上機嫌で、こよりは本を受け取った。この本の話は何度となく耳にすることがあり、いちど読んでみたいと思っていたのだ。いままで忘れていたとはいえ、今回はいい機会だった。

「ここに、酒川が犯人だとする推測が含まれているんですね」

「そうなんだが、さすがにそれだけだと今回は難しいかもしれん。なので特別にさらなる手がかりだ。酒川のある行動は、樽《たる》を入れ替えるようなものだ。あるいは、サッカリンを混ぜるようなものだ」

樽を入れ替える？　サッカリン？

前者もまるで意味不明だけれど、後者については言葉の意味すらわからない。

佐久路は「ちょっと大盤振る舞いしすぎたかな」と頭を搔いていた。きっと言葉の意味は『食道楽』を読めばわかるのだろう。忘れないよう、胸に刻む。

そこで謎解きの件とは別に、とある疑問がふいに思い浮かんだ。

「ところで、酒川が犯人だったとしますよね。いえ、犯人かどうかを確かめるためにも、彼を監視する必要があるように思うんです。そういうことは、しなくていいんですか」

「その点は心配しなくていい。さすがにそんなことを君にやらせるつもりはないよ」

「そう、なんですか」

「危険が伴うし、素人《しろうと》が簡単にできることではなかろう。いずれにせよ、おそらく一週間以内には真相が見えてくるはずだと踏んでいる」

そう云って佐久路は、何事かを企むような意味深長な笑みを見せた。

どうも今回の一件は、ひと筋縄ではいかない裏があるように思えてならなかった。

四

いつものように店番で時間のあるときや、仕事を終えて部屋に戻ってから『食道楽』を読み進めた。

初っ端から胃と腸を擬人化した胃吉《いきち》と腸蔵《ちょうぞう》という登場人物が出てきて面喰《めんく》らったが、三話目からは普通の人間が出てきて安堵した。

もとが新聞連載のためか、各話は三頁ほどと短いものの、ほぼ毎回のように食に関する情報が盛られている。いちばん多いのは料理や食材、調理法の紹介だ。見知ったものから聞いたこともない西洋のものまで、さまざまな料理が語られていた。読んでいるだけで唾《つば》が出るし、料理をつくりたくもなる。

そのほかにも栄養の話、食器や勝手道具の選び方、療養時や子供のための食べ物、西洋料理の食べ方、水道水の扱い方など、とにかく幅広い。そして作者である村井弦斎の熱い思いが溢れまくっている。西洋の知識を規範に、食に対する意識が我が国は低すぎると憤っているのだ。著者の食に関する知識量や、造詣《ぞうけい》の深さには感心するばかりだった。

一方、西洋料理における作法を説きつつも、闇雲に本式にこだわる必要はなく、日本人なんだから箸を使って肩肘張らずに食えばいい、と云ってのける柔軟性もある。つい先日フォークやナイフの扱いに四苦八苦したこよりとしては、その痛快さに思わず笑ってしまった。

二十年も前の本でありながら、示唆に富んだその内容はいまだに色褪せていないし、まだまだ広まっていない有用な知識や、社会的に改善されていないことも多い。もっともすでに古びた情報もあるだろうし、すべてを鵜呑みにするのは危険だけれど、有益な書であることは変わらない。

しかし『食道楽』がすごいのは、食の情報や啓蒙《けいもう》のためだけの書ではないところだ。

話が抜群におもしろい。登場人物たちの個性が際立っていて、笑えるし、今後の展開が気になってどんどん頁をめくってしまう。

主な登場人物は五人だ。

まずは大原満《おおはらみつる》という、大学を卒業したばかりの健啖家《けんたんか》。基本的には彼が主人公だと考えていいだろう。そして大原の友人である小山《こやま》と、その細君。この夫妻は一般人代表という位置づけだと思われる。

最後に同じく大原の友人である中川《なかがわ》と、その妹、お登和《とわ》。中川は食に対して膨大な知識と一家言があり、お登和も並々ならぬ料理の名人である。この兄妹が食の伝道師として、ほかの人たちに知識を伝える体裁を取っている。

話の軸は大原がお登和に惚《ほ》れ込み、彼女を嫁にしようと奮闘するすったもんだで、これがすこぶるおもしろい。何度も笑い、感心し、食欲をそそられ、勉強になって、考えさせられる、じつに贅沢な書だった。

特別に薄い本ではなかったけれど、受け取った三日後には読破していた。

奥付を見たあと、そっと本を閉じてこよりは視線を上げた。

夏の強い陽射しが、店の前の小路を白く輝かせていた。そのせいで逆に店内が薄暗く感じる。物語世界から帰ってきたことを実感するように、こよりは小さく息を吐き出した。

今日も今日とて、ねんねこ書房は平和で、そして暇だ。

「春の巻」では大原とお登和の結婚話は結末を迎えず、むしろ故郷から許嫁《いいなずけ》を連れて両親が上京してくるなど、事態がさらなる混迷を来《きた》すところで終わっている。とてもつづきが気になるし、「夏の巻」はすぐそばにある。

しかし、その前にやるべきことがある。『食道楽』から導き出される、酒川の動機を推測することだ。

佐久路が追加でくれた手がかりはこうだ。「酒川のある行動は、樽を入れ替えるようなもの」「あるいは、サッカリンを混ぜるようなもの」だという。

この二つの言葉の意味は『食道楽　春の巻』を読み終えたいまとなってはすぐにわかる。これらはともに「醬油《しょうゆ》」に関する話に出てきた言葉だった。

たちの悪い小売屋から醬油を買うと、偽物を摑まされることがあるから注意しろ、という教えだ。悪徳な商人は下等の醬油を亀甲万《きっこうまん》や山《やま》サの樽に詰め替え、さも上等に見せかけようとする。また下等の醬油は品の悪い大豆を使っているので、砂糖の四百倍甘い薬品であるサッカリンを使って人工的に味をつけている。そのため粗悪品を見破り、優良な店を見極めるために、醤油の質を確かめる簡便な検査法を紹介していた。

佐久路の云った「樽を入れ替える」も「サッカリンを混ぜる」のも、下等の醤油をごまかすための手段だ。あるいは、相手を騙すための手段、と云い換えてもいいだろう。それが「酒川のある行動」にあったという。

「それって、あれしかないよね」

組んだ両手にあごを乗せながら、こよりはそっとつぶやいた。


夕刻、書棚にある本を整理していた佐久路が、ふと口にした。

「そういや伝え忘れていたが、伯爵家の蔵書の件、先日連絡があった。うちで買い取ることが正式に決まったから」

「そうなんですね！　おめでとうございます！」

あの苦労が報われたと思えば、こよりとしても嬉しいことだった。

「ありがとう。お金のことはともかく、ああいった貴重な書や稀覯本《きこうぼん》を扱えるのは書店冥利《みょうり》に尽きるし、光栄なことだよ」

いつになく佐久路の声には喜色が滲んでいた。いまは書店経営の一線からは退きつつあるものの、やはり心の底から書が好きなのだろうとわかる。

「すぐにどうこうというわけではないし、各所から助力も乞うつもりだが、セリ市の準備に入れば忙しくもなるだろう。覚悟しておいてくれたまえ」

「はい、がんばります。――ところで、いちおうの確認なんですが……」

聞こう聞こうと思いつつ、つい二の足を踏んでいた質問を流れのままに口にする。

「試用期間って、まだつづいていたりするんですかね。いつまでとかは聞いていなかったので」

「ああ、そういやそんなことも云っていたな。働きはじめてどれくらい経つ？」

「えっと、今日が八月の二十五日なので、二月半くらい経ってますね」

「もうそんなになるか。ちゃんと伝えていなくてすまん。もちろんすでに正式な店員として迎え入れたつもりだよ。これからもよろしく頼む」

「よかった……。ありがとうございます！」

予想以上の安堵が押し寄せ、こよりは自分でも驚くほどに弛緩した。雰囲気から大丈夫だろうとは思っていたものの、いくつもの失敗はやらかしていたし、幾ばくかの不安は付きまとっていたのだ。

その後、佐久路の作業が一段落するのを見計らって声をかけた。

「あの、例の『食道楽』の件、いまいいですか」

「お、もう読み終えたのか」

彼は椅子に坐って話を聞く体勢を取ってくれた。

「はい。それでいちおう、ひとつの推測は立ちました」

佐久路の示したさらなる手がかりは、醬油に関する話に出てきたことなどを説明する。

「これらから、佐久路さんの示した手がかりとは『酒川のある行動は、相手を騙すための手段だった』と考えました。では『酒川のある行動』とはなんなのか。

今回の謎解きは、酒川が幽明軒への厭がらせをおこなった犯人、という前提条件がありますよね。それを踏まえると、おでん屋での行動ではない気がします。その場合の騙す相手とはわたしになりますけど、幽明軒の事件の動機には結びつきそうもありませんし。そうなると、わたしたちの知っている酒川の行動はひとつしかないです。幽明軒の料理に木片が入っていたと文句を云ったことです」

頷いたりはしなかったけれど、佐久路の顔には正解だと告げる微笑が浮かんでいた。

「木片が入っていたと文句をつけた彼の行動は、欺《あざむ》く行為だった。ということは、本当は料理に木片など入っていなかった、ってことではないと思います。いや、実際にはそうなんでしょうけど、それをわざわざ佐久路さんが手がかりとして提示する意味はないですから。

つまり酒川が難癖をつけたのは、支払いを免れるためでも、見舞金を得るためでもなかった。その裏面には、別の意図が隠されていたんです。そうなると、彼は最初から幽明軒に厭がらせをするのが目的だったような気がします」

この仮説ならば、酒川の人間性に起因する違和感はなくなる。幽明軒の怪異は、たんなる腹立ち紛れの陰湿な厭がらせではないからだ。また、そもそも食事代を浮かすことや見舞金が目的ではなかったので、厭がらせの理由がそれで消えるわけではない。

「では、なぜ彼は厭がらせをおこなう前、店に赴いて料理に難癖をつけたのか。隠された別の意図とはなんだったのか。その先は想像しかできませんし、よくわからなかったんですけど」

自身の推理はここまでだと伝えるように、こよりは佐久路を見つめた。

「正解だ。手がかりが親切すぎたようだな」

彼は渋い顔をしてみせたが、半分おどけたような表情だった。

「彼が料理に難癖をつけたのは、真実を糊塗《こと》するための目眩《めくら》ましだったのではないかと推理している。仮に見つかって捕まったとき、あのときの腹いせだと告げておけば本当の目的を隠すことができる。万一に備えた布石だな。そう考えるとわざわざ見舞金まで持ってこられたのは、彼にとっては予定外だったのかもしれん。

では、彼の本当の目的とはなんなのか。じつはそれはまだ不明だ。いくつかの仮説はあるが、現状では絞り込めるほどの情報がない。それ以前に彼が犯人だという推理もそれなりに自信はあったものの、間違っていても不思議ではないと考えていた。ただ、その点については進展があった。酒川犯人説は、説ではなく、事実として確定した」

「そうなんですか？」

「なにしろ、昨夜もまた幽霊騒ぎが起きたからな」

こよりは口をあんぐりと開けた。またしても、なのか。

内容は二回目と同じく、不気味な幽霊の影が目撃される、というものだったらしい。

「目撃者の証言を突き合わせても、同一犯による仕業であることはたしかだ。そして昨日の幽霊騒ぎの犯人は、酒川だ。つまり、彼が一連の厭がらせの犯人だったことになる」

佐久路が自信たっぷりに語っているのは、たしかな証拠があるからに相違ない。

「ということは、この数日、酒川を監視していたんですね」

「そのとおり。それは腕の立つ本職の人間にお願いしていた」

「現行犯で捕まえたりはしなかったんですか」

「ああ。監視していることも、彼には絶対に悟られないようにしていた。幽明軒の人たちにも了承を得ていたし、敷地の巡回なども控えてもらうようにお願いしていた」

「どうしてですか。彼の動機がなんだったのかはわかりませんけど、その場で捕まえれば一件落着でしたよね」

乾いた笑みで、佐久路はゆるゆると首を振った。

「いや、そんなことをしても、彼は木片の腹いせだと云い張るだけだろう。絵図を描いたのは誰なのか、彼にはしばらく泳いでもらうことにした。いくつかの仮説は考えているが、はたして、鬼が出るか蛇が出るか」

嫌悪を示すように、けれどどこかしら愉しむように、佐久路は顔をしかめた。

とにかく今回の件は、酒川の個人的な恨みによる単純な犯行でないことはたしかだ。そして、いまは待つしかないのだろうということも、こよりは理解した。

事件の真相が判明するのは、あるいは佐久路の待つものがやってきたのは、早くもその翌日のことだった。

五

「今日は少し早めに店を閉めるつもりだ」

佐久路が突然そう宣言したのは、日も傾きはじめた夕刻のことだった。

「なにか用事でもできたんでしょうか」

「うむ。幽明軒の件だ」

あっ、と小さく驚き、こよりが質問を繰り出すよりも早く、佐久路はつづける。

「君も気になっているだろうし、来たいのなら来てくれて構わない。場所は幽明軒だ」

「いったい、なにをするんでしょうか」

「なに、大したことではない。ある人物と、話し合いをするだけだ」

「話し合い？」

さまざまに疑問は募ったものの、それはおのずと明らかになるはずだと、こより は質問を呑み込んだ。当然のごとく、参加以外の選択肢などあろうはずはなかった。

午後八時すぎ、予定どおり早めに店を閉め――定刻は午後九時までだ――こより と佐久路は人形町にある幽明軒へと向かった。

道中で、佐久路は推理の一端を語ってくれた。

一昨日、酒川の手による四度目の怪異が起きた。こよりが彼に接触した、二日後 の夜のことだ。

その時点で、酒川は必ず警戒していたはずだと佐久路は考えていた。怪しげな娘 が突然現れ、食事に異物が混入していた話や、幽明軒の話を振ったのだ。誰だって、 何者かが自分を疑って調査しているのではと勘づく。当然、自分自身か、幽明軒の 敷地は監視されているに違いないと警戒するはずだ。

にもかかわらず、彼は直後にも犯行を繰り返した。しかも同一犯であることを誇 示するように、二回目とまったく同じ方法を用いている。

もし彼が個人的な恨みで動いていたのなら、しばらくは犯行を控えようと考えたはずだ。無理にそんな危険を冒す意味がない。

彼は、試したのではないかと佐久路は考えた。

こより——酒川にとっては謎の娘——の件はたしかに怪しいけれど、自分が疑われていると確定したわけではない。たまたま変な女が現れただけかもしれない。そこでわざとあからさまな方法で、再度厭がらせを繰り返した。もし自分が疑われているのなら、その場で誰かが取り押さえるはずだと踏んだ。そのときは腹いせだったと告げて素直にあやまればいい。しょせんはいたずらに毛が生えた程度の行為だし、大した罪にはならない。酒川のような瘋癲《ふうてん》にとっては、さほどの痛みもない。

いずれにせよそうした行動に出るのは、背後になにかしら大きな目的があってのことだと考えられた。幽明軒の評判を下げることで、利する者がいる。酒川は誰かに雇われているか、悪事を企む仲間と組んでいるように思えた。

近隣の料理屋から頼まれたのかもしれない。

店や土地の買収を目論《もくろ》んでいるのかもしれない。

ただ、前者の可能性は低いだろうと佐久路は考えていたようだ。もし本気で幽明軒を潰したいのなら、火をつけてしまえばいい。幽霊騒ぎを起こすなど、いかにもまどろっこしい。

ともあれ佐久路は、酒川が尻尾《しっぽ》を出すか、幽明軒になんらかの働きかけがおこなわれるのを待っていた。それが今日、やってきた。

佐久路も可能性のひとつとしては考えていたようだけれど、いささか意外性のあるものであったようだ。


幽明軒は三方をほかの家屋に囲まれた土地にぽつんと建つ、赤い扉が印象的な平屋の建物だった。店はすでに営業を終えたようで、扉には〈CLOSED〉の木札が下がっていた。

店内には夫である男性とともに、九原米が待っていた。

「夜の九時に来てくださいと伝えましたので、もうすぐ来るはずです」

洒落た木のテーブルが並ぶ店内で、料理長である夫——大柄な、けれどとても穏やかで優しそうな人だ——の淹れてくれた珈琲を飲みながら、打ち合わせをしつつ待つ。

午後九時、約束どおりの時間に扉を開けて入ってきたのは、目鼻立ちのはっきりとしたひとりの女性だった。化粧が濃く、いささか年齢不詳ではあるけれど、三十五は超えているだろう。濃紫の袴を穿いて、白衣の上に金糸の施された派手やかな模様の羽織を着ていた。頭にも金銀に光る華美な簪を挿している。

あら、と彼女は小首を傾げた。

「ずいぶんと大勢でお待ちかねですこと。そちらのお二人は、この店の人ですか」

「いえ――」米が答える。「知り合いの方です。こういうことに詳しいそうですので」

佐久路が静かに一礼し、こよりも慌ててそれに倣った。

「そうですか。まあいいでしょう」女は少し不機嫌そうにつぶやいたあと、威儀を正すように声を張り上げた。「昼間に申し上げましたように、この土地は悪《あ》しき怨霊に祟《たた》られています。早急に除霊のための祈禱《きとう》をおこないませんと、どんな禍《わざわい》が降りかかるかわかりません」

そうなのだ。彼女はそう云って、突然幽明軒へとやってきた。今日の昼すぎのことだった。

なんでも彼女は呪力を得るため土地を巡っている、修行者なのだという。わかりやすく云えば修験者のようなものだ。たまたまこの店の前を通りかかったとき、鮮烈な悪霊の気配に驚き、慌てて駆け込んだのだそうだ。梓巫女《あずさみこ》の血を引くうんぬんとも語っていたようだが、どうせ嘘八百なのでどうでもいい。

そう、彼女は似非《えせ》霊能力者である。云うまでもなく、幽明軒に厭がらせをつづけていた黒幕だ。この店が選ばれたのは、単純に繁盛していたからだろうと佐久路は予想していた。

似非霊能力者は脅すようにつづける。

「この地は鬼哭啾々《きこくしゅうしゅう》としているのです。迷っている時間はありません。責めるつもりはありませんが、この時間まで話を聞いてもらえなかったのも賢明ではありませんでした。事態は一刻を争うのです」

放っておくといつまでもしゃべりつづけそうな彼女を、米はすっと右手を上げて制した。立ち居振る舞いは、彼女のほうがよっぽど威厳がある。

「失礼。お名前は、なんでしたでしょうか」

「昼間告げたはずですが。柏水《はくすい》と申します」

「ああ、そうでした。はっきり申し上げますが、柏水さんに除霊とやらをしてもらう必要はありません」

「正気ですか――！」柏水が眼を剝く。「恐ろしい禍が、この店にも、そして貴女自身にも必ず降りかかります。絶対に後悔しますよ！」

嘘だとはわかっていても、心胆を寒からしめるような声音だった。けれど米は小馬鹿にするように薄く笑う。

「そんなことはあり得ませんよ。なぜならこの地は呪われてなどいませんし、怨霊もいませんから」

そのあまりに落ち着き払った自信たっぷりの云いように、さすがの柏水もやや面喰らった様子だった。おそらく酒川と組んで何度も繰り返している手口なのだろうが、ここまで手応えのない相手も珍しいのだろう。

畳みかけるように、佐久路が一歩前に踏み出す。

「俺からもはっきりと云おう。あんたたちのやっていることはわかっている。卑劣な詐欺的行為だ」

「なにを、云ってるのかしら」

怒りに震えるようなことはなく、いたって冷静な声だ。彼女もまた、相応に肝は据わっている。

「繁盛している店に眼をつけ、悪霊の仕業と思《おぼ》しき現象を引き起こし、そして相手が困り果てた頃合いであんたが現れる。客商売であればなにより外聞や評判を気にするし、藁《わら》にも縋る思いで除霊をお願いするって寸法だろう。商売が関わっているので、より高額な料金も吹っかけやすい。

いくら文明社会だなんだと云ったところで呪いや悪霊を信じている人は多いし、その手の話はいまだによく聞く。仮に胡散臭さを感じたとしても、それでこの厭がらせが収まるのならと金を払った人もいただろう。

万が一、心霊現象に見せかけた厭がらせが見つかっても、偽の動機を用意しておき、あんたとの繋がりを疑われにくくしている。また、そのときはあんたは現れず中止にするのだろう。別の町に行けば、いくらでも標的はある。客商売の人間が吹《ふい》聴《ちょう》することもないので、これらの手口が広まることもない。馬鹿馬鹿しいようで、じつによく考えられた詐術だよ」

佐久路は一気にまくし立て、柏水はそれを涼しい顔で聞いていた。

「先ほどからなにをおっしゃっているのか、まるでわからないのですが」

「酒川、という人物を知っているな」

「はて、とんと心当たりはありませんね」

「しらばっくれないでください」こよりもずいと前に出た。「先日、わたしは酒川さんに接触したんです。偶然を装い、怪しまれないように近づいて、食事をご馳走しました。まったく無関係の人物だと油断したのでしょう、『はくすい』という人物と組んで仕事をしていると、たしかに云ってました」

「嘘をおっしゃい。それでわたくしが認めるとでも思っているの。酒川などという男は知りません」

ふっ、と佐久路が笑みをこぼす。

「馬脚を露わしたね。なぜ酒川が男だと知っている。そんなことは俺も彼女もひと言も云ってない。彼女が接触して食事に誘ったのだから、むしろ女だと思ってしかるべきだと思うが」

このやり取りは事前の打ち合わせで、佐久路から云い渡されていたものだった。ちゃんとできるかどうか緊張したけれど、思いのほか巧くいったようだ。

さすがの柏水にもかすかな動揺が見えた。この機を逃さず、佐久路が云い放つ。

「あとで酒川に確認してみるがいい。『はくすい』うんぬんは嘘だが、彼女が酒川に接触したのは事実だ。おでん屋、と云えば信じてもらえるだろう。ちなみに彼がこの店にやってきたのは、厭がらせが見つかったときの云い訳づくりとともに、店の客入りなどを観察する役目もあったと思える。

あんたらの手口は全部わかっている。これでもまだ欺瞞《ぎまん》行為をつづけるのなら、こちらも法的な手段に訴える。しかるべき政府の人間に話を聞いてもらうことになるだろう。それが厭なら、とっととこの町から立ち去りたまえ。どうするね」

柏水は判断は早かった。この店から詐取するのは無理だと悟ったのだろう、無表情のまま踵を返し、扉を開けて出ていった。

誰ともなく、大きなため息が店内に満ちた。佐久路が告げる。

「これだけ釘《くぎ》を刺しておけば、腹いせの厭がらせをされることもないだろう」

「でも……」こよりとしては納得できないものがあった。「これじゃ無罪放免みたいなものじゃないですか。どうせ彼女らはこれに懲りず、別の土地でも同じような詐術をつづけるはずです。野放しにしておいていいんですか」

「仕方なかろう。彼女に関してはなにひとつ証拠はない。警察に突き出すことはできない。酒川にしたって大した罪には問われないし、真相を語るわけもない。俺たちはしょせん、しがない本屋だ。ここらが限界だよ」

佐久路の声音は、べつに悔しさを嚙みしめている様子でも、諦念を漂わすふうでもなかった。自分の分限を悟った大人の言葉だった。こよりとしてはそれも含めて得心が行かなかったけれど、反論はできなかった。彼の言葉が悲しいほどに正しいことは、理解できた。

米が静々と頭を下げた。

「佐久路さん、こよりさん、このたびは誠にありがとうございました。おかげさまで助かりました」

妻に倣って、夫も低頭した。佐久路が「礼には及ばないさ」と困り顔で答える。

「今回ばかりはあまり役立った気がしないからな。これで厭がらせは終わるだろうが、これから失った信頼を取り戻さなくてはならないはずだ。一朝一夕にはいかないだろうし、それはまるで手助けできない」

「覚悟はしています。でも、心配はしておりません。夫の料理があれば、お客さまはいずれ戻ってきてくれるはずです」

「そうだな。このあたりに来たときには、俺もまた顔を覗かせるよ」

「ええ、ぜひ。お待ちしております」

「それにしても――」こよりは会話に割って入った。ずっと感心していたことがあった。「米さんってすごく近代的な思想の持ち主ですよね。先ほど、禍などあり得ないと啖呵《たんか》を切る姿はかっこよかったです。思えば依頼に来たときも、これは心霊現象ではないと端《はな》から断言してましたし。わたしもわりと幽霊とかは信じないほうですけど、いざ自分の身に降りかかったら、そこまで断言できるかどうか自信ないですもん」

「たしかに」と佐久路も同意する。「おかげで今回の作戦もすこぶる進めやすかった。依頼者がわずかにでも禍を恐れてしまったら、こういうやり方はできなかったからな」

話を聞いて、米は口もとに手をあてて微笑んでいた。初めて見る茶目っ気のある表情だった。

「そう、思われますか。まったくの裏返しなんですよ、と云ったら信じてもらえますかね」

「裏返し……?」意味がわからず、こよりは鸚鵡返《おうむがえ》しにつぶやいた。

「わたくしは巫女の家系の生まれですから。霊も、死者も、見えるのですよ」

どちらともなく、こよりと佐久路は見つめ合った。彼のきょとんとした眼差しを見たのは初めてかもしれない。

冗談を云っているようには聞こえなかったけれど、にわかに信じられる話ではない。助けを求めるように夫に眼を向けたけれど、彼もまた、恵比須《えびす》さまのように微笑んでいるだけだった。

気を取り直すように佐久路は咳払いをした。どうやらいまの話は深く掘り下げないことにしたようだ。

「さて、今回の依頼についてお金の話はまたあらためてするとして、ひとまず旦那さんもいるうちに、これだけ話を聞かせてもらってもいいかな」

そう云って彼は懐から一枚の紙を取り出した。

依頼を解決したあと、いつも依頼人に見せている人相書きだ。

「この女性に見覚えはないだろうか」

差し出すと、なにかに気づいたように米の表情が変わった。

「あら、この人、もしかして……」

「知ってるのか」

「ええ。ひと月ほど前だったかしら。店のお客さまだったんですけれど、わけあっていろいろとお話をして」

「その彼女のことを、なんでもいい、教えてくれるか」

抑えてはいたけれど、佐久路らしからぬ、逸《はや》る心持ちが滲む声音だった。

彼女は何者なのだろうか。ついに見つけることができたのだろうか。

状況が摑めないことにやきもきしつつ、こよりもまた、たしかな興奮を覚えていた。

第五話

文豪の尋ね人
——永井荷風『ふらんす物語』

何んでも物は夢みて居る中《うち》に生命《いのち》もある、香気《にほひ》もある。それが実現されたらもう駄目だ。僕はせめてイタリヤの青い空と海だけは、眼で見ずと、永遠に心で夢見て居たいと思ふからさ。

永井荷風『再会』――博文館『新編ふらんす物語』（大正四年刊）所収

一

最初で最後の夏を満喫するように、囂《かまびす》しく蟬《せみ》が鳴いていた。

じっとしているだけでも汗が滲むのに、重い本を持って倉庫と店を何度も往復したら、云わずもがな汗みずくになる。この夏新調した紹織の着物もじっとりと重い。ようやくひと息ついて手拭いで汗を拭っていると、「ご苦労さん」と佐久路が現れた。コップの載った盆を持っている。

「冷えたレモネードだ」

「ありがとうございますぅ」

同じく汗をかいた、けれどそれゆえに涼しげなコップにこよりは手を伸ばした。ひやりとした冷感が指先を刺激し、それだけで体内に溜《た》まった熱が和らぐようだった。冷たい液体がのどを通り、思わずぶるりと震える。生き返る！

味わって飲めば、酸っぱく、けれど甘いレモネードが身体に染みて、疲れが癒える。

蟬の鳴き声に混じり、幾重にも重なった風鈴の音色が風に乗ってやってきた。きっと近くを風鈴売りが通りすぎているのだろう。街中にありながら、まるで離れ小島のように隔離されたこの店でも、音だけは届き、夏の風情を感じさせてくれる。

ねんねこ書房は今日も平和で、そして暇だ。

古書店の、少なくともここ神田神保町界隈の書店の売上げは、八月がいちばん落ちるらしい。やはり学校などが休みになるのと、暑くて本を読む気にはならないからだろうか。

その話を聞いて初めて、そういえばたしかに働きはじめたころより、最近は客足が減っているように思えた。まあ、ほとんど誤差みたいなものなんだけれど。

風鈴の音が過ぎ去るのを待っていたように、

「そろそろ、話しておくか」

ぽつりとつぶやく声が聞こえた。こよりはゆっくりと首を巡らし、佐久路を見やった。彼は涼しげな目線を、店の外へと投げていた。

「例の人相書きの女性のことだ」

昨夜、幽明軒の九原米が、似た人を見たことがあると告げた。とあるカフェーの女給で、名前はユキ。ただし、それが本名なのかも、働いている店の名もわからないという。ひょんなことから店内で少し話をしただけだったようなので、それも致し方ない。ただ、たしかに人相書きにそっくりな女性だったと、米は強く頷いた。

佐久路はその話を冷静な面持ちで聞いていた。感情を押し隠していたのかどうかもわからなかった。そうして、こよりからはなにも尋ねることのできぬまま、一夜が明けた。

云い訳を紡ぐように、佐久路はつづけた。

「べつに隠すつもりはなかったんだが、君もどれだけつづくか未知数だったし、非常に個人的なことなので、気恥ずかしさもあったしな」

「いえ、それはぜんぜん気にしていないです」

「いろいろ邪推はしていたようだがな」

ぐっ……返す言葉もございません。

「結論から告げよう」告白らしからぬ、端正な口調で彼は云った。「人相書きの女性は、佐良と久良の母親だ。そして俺の妹だ。名前を、さくらという」

妹、だったのか……。

佐良と久良の母親であることは、可能性として考えてはいたけれど、佐久路の妹だというのは想像していなかった。

「二人きりの兄妹だった。昔から俺のことは慕ってくれていたんだが、親父《おやじ》とはまるでそりが合わなくてな。母が病に斃《たお》れて、三人暮らしになってからはなおさらだ。ある日、短い置き手紙を残して、ふいっと家を出ていってしまった。さくらが十八のときだ。以来、鼬《いたち》の道切り。便りもなく、どこでなにをしているのやら、という状況だった」

その後、父親も病に斃れて亡くなり、佐久路は神保町通りにあった『猫睛《びょうせい》書房』を継ぐことになった。

「ちょうどそのころだ。まるで親父の死を待っていたように、ふらっとさくらは帰ってきた。双子の、幼子を抱えてな」

双子の父親が誰なのかをさくらは云わなかったし、佐久路も問わなかった。

そうして、佐久路とさくら、そして佐良と久良の、いささか奇妙な四人での暮らしがはじまった。少し歪ではあるけれど、四人での生活は笑顔に満ち、平和で、平穏なものだった。そんな暮らしが一変する出来事が起きる。

ちょうど一年前、大正十二年の九月一日に起きた関東大震災だ。

震災の発生は正午前のことだった。

「俺は店で、佐良と久良は小学校で地震に遭遇した。さくらは買い物に出かけていたはずなんだが、どこにいるのかはわからない。店内はひどい有様だったが、幸い建物は倒壊することはなくてな。とにかく佐良と久良を迎えに、俺は小学校に向かった」

二人とは難なく合流できたものの、さくらとは連絡がつかないまま、店も焼失してしまう。

多くの人がそうであったように、佐久路たちも公園で寝泊まりしつつ、さくらのことを捜しつづけた。

「だが、まるで見つからなかった。どこで罹災《りさい》したのかもわからない。可能なかぎり屍体も見て廻ったんだが……」

顔をしかめ、佐久路はゆるゆると首を振った。

ただ、いつまでも嘆いてはいられなかった。佐良と久良の健康を考えれば、いつまでも避難生活をつづけるわけにもいかない。

店の土地は根来家のものではなく、あくまで借りているだけだった。地主の意向で震災を機に借りつづけることができなくなり、新たな住まいを見つける必要に迫られた。

「幸い、店の経営は順調だったし、物書きのほうでもまとまった稼ぎを得られていたから、それなりの蓄えはあった。震災直後に店が焼亡する危険も察していたので、大事なものは焼ける前に持ち出せたしな。

土地を追われたこともあり、正直、本屋はやめようかと思っていた。物書きのほうだけで、十分に佐良と久良を養っていけるとも思えたしな。そんな折、ここの話が舞い込んだんだ」

ここ、と云いながら佐久路は地面を指さした。

「震災前まで爺《じい》さんがひとりでやっている小さな店だった。同じ書店仲間だしそれなりに付き合いはあったんだが、その爺さん、どうやら震災で死んだらしくてな。店は幸いにも無事だったのに、その日はたまたま店を休んで浅草《あさくさ》をうろついていて、落ちてきた煉瓦で頭を打って死んじまったらしい。親族はみんな会社員やらで店を継ぐ者もおらず、それで俺のところに居抜きでどうだと話が来た。こんな立地じゃ欲しがる人もいないから、廻り廻って来たんだろうな」

ところが佐久路としては悪くない話だった。

子供のころからずっと本に囲まれて生きてきて、本屋をやめるのはやはり物淋しさがあった。ここなら小僧をひとり雇えば、執筆の時間を確保しつつ、ある程度のんびりとやっていける。場所が場所だけに、土地ごと買い取ってもさほどの金額にはならない。

「ただ、やっぱりさくらのことは念頭にあった。とりあえずこの街で書店をやってりゃ、妹がふらっと戻ってきて、店がなくなってても、そのへんの人間が教えてくれるだろ。ネコの旦那の店はあっちに移ったぜ、てな」

ちなみに「猫睛」とは猫目石の別名から取ったもので、根来という苗字から「ネコ」と呼ばれていた佐久路の父親がつけた。その『猫睛書房』時代、ことあるごとに「なんて読むのか」と聞かれて辟易《へきえき》していたため、新店ではいっそとことんわかりやすい名前にしてやれと『ねんねこ書房』と名づけたということだ。

「それで――」

空になったコップにまだ残る、かすかな冷たさを手のひらで感じながら、こよりは静かに問いかけた。

「いまもさくらさんを捜しているんですね。萬相談事を請けはじめたのも、そのためなんですね」

「そう、だな」

佐久路は淋しげに笑った。

「こっちに移ってきて、新しい生活や仕事に追われながらも、時間の許すかぎりずっとさくらを捜しつづけた。しかし、三箇月、四箇月と経ち、街が落ち着きを取り戻すにしたがい、できることもなくなってくる。周りの人間に云われるまでもなく、さくらは死んだのだとも思っている。

たしかに屍体は見つかっていないが、身元不明の屍体はごまんとあって、見つかっていない犠牲者もごまんといる。その中に妹がいたと考えるのが道理だろう。けれど、どうしても踏ん切りはつかなかった。どこで、どうやって死んだのかすらわかってないんだ。なにもせず、じっとしているのもつらかった。

とはいえ、のべつ幕なし店の客に聞くわけにもいくまい。店内に尋ね人と貼るのも違うような気がした。なんだか妹を晒し者にしているようだし、客としても、あまり気持ちのいいものではないだろ。そこで、こういうことをはじめた。まあ、思いつきみたいなものだ。多少は、人助けにもなるだろうしな」

佐久路らしからぬ、歯切れの悪い口調だった。

「これにどれだけの意味があるかはわからない。いつまでつづけるのかもわからない。万にひとつの可能性として、震災に遭ったときの、さくらのことを知っている人間に出逢えればと思ってはじめた。どこで、どうやった死んだのかだけでも知りたいと思った。妹は死んだのだと、納得したかった」

踏ん切りをつけるために。

ところが、さくらと思しき人を見たという証言が得られた。

そのことについて、佐久路は戸惑っているように思えた。いまならわかる。もし仮に、そのユキという女給がさくらであったなら、彼女はなぜここに戻ってこないのか。今度は、我が子まで見捨てて飛び出してしまったのか。

真っ当に考えれば、おそらくは他人の空似にすぎないはずだ。

なにしろ人相書きを介しての人捜しは、写真と違って曖昧なものになる。さくらの写真はなかったか、震災で焼失してしまったのだろう。

たとえばユキという女給だって、見つけてみればたしかに人相書きの雰囲気には近いけれど、さくら本人とはいまひとつ似ていない、なんてことも多分に起こりうる。

それでも佐久路はユキを捜そうとするだろうか。東京市内に数多《あまた》ある——実際には市内ともかぎらない——カフェーを虱潰しに捜すことが、どれほど大変かは想像もできない。相当な手間と時間がかかるだろうし、やっているそばからどんどんと女給も入れ替わってしまいそうだ。

もちろん命じられれば喜んで東京中のカフェーを巡るつもりだけれど、佐久路も、これをどう処理すべきか悩んでいるように思えた。

夏の陽気とは不釣り合いな、気詰まりな沈黙が満ちる。

こちらから提案するのも違うと思ったし、震災からもう一年が経つ。きっと見つかりますよ、なんて浅薄《せんぱく》な気休めを云えるわけもなかった。

我に返ったように佐久路が顔を上げた。レモネードを飲もうとして、空であることに気づく。

「ま、そういうことだ。君も気になっていただろうからな。説明が遅くなってすまなかった」

ことさらに明るい声音だった。

「とんでもないです。その、なんて云っていいのかわからないですけど、わたしにお手伝いできることがあればなんでもやりますから。遠慮なく云ってください」

「云われなくとも遠慮などするわけがなかろう」

いつもどおりの鋭い声で佐久路は云い、ですよねー、とこよりは笑う。そのあと小さく「ま、いろいろ頼りにしてるさ」と彼がつぶやいたのを、こよりは聞き逃さなかった。そっと微笑む。

「ごめん」

低い声が聞こえ、慌てて見返る。

二人連れの男女が店の表口に立っていた。男のほうは四十代半ばで、すらりと背が高い。その面長で、眉が濃く、どこかしら飄々《ひょうひょう》とした顔立ちには見覚えがあった。

こよりが思い出すのと、佐久路が立ち上がるのは同時だった。

「これはこれは永井先生」

そう、先日洋食店で偶然逢った作家、永井荷風だった。


倉庫から予備の椅子を持ってきて、二人に坐ってもらう。

洋食店であったときの永井は洋装だったが、今日は枯茶色《からちゃいろ》の着物にソフト帽という出で立ちだった。あのあと、彼が文豪のすごい先生であることを知ったので、こよりも少し緊張を覚える。

先日挨拶を交わしたように、佐久路と面識はあるものの、特別に親しいわけではなく、ねんねこ書房に来るのも初めてのようだった。以前の猫睛書房のときには、たまに覗くことがあったらしい。

連れの女性は二十歳前後。紫陽花文《あじさいもん》の涼しげな召し物に、青竹の模様の夏帯をしている。鼻筋の通った端整な面立ちだが化粧はやや濃いめで、家に収まっている感じはしない。彼女は伊都《いと》とだけ名乗り、それも広い意味での職業名のように思えた。

永井がねんねこ書房を訪れた理由は、やはり萬相談事の案件だった。

「先日、諫浪亭で逢っただろ。そのとき縫子くんが君に相談を持ちかけているのが耳に入ったんだ。あとで彼女に確認してみると、佐久路くんが萬相談事を請負っていると聞いてね。ずいぶんと優秀だそうじゃないか」

「いや、それほどでも」

「それからほどなく、少しばかり頭を悩ます出来事が起きた。人生には、ときどきこういった奇妙な連繋《れんけい》が起きるものだ。これもなにかの縁だろうと、それで佐久路くんのもとにやってきた次第だ。請けてくれるだろうか」

「もちろん永井先生の頼みでしたら最大限努力はいたしますが、いかんせんまずはお話を伺わないことには」

「それもそうだな。簡潔に云うと、人捜しだ」

「人捜し……」

佐久路とこよりは、ほぼ同時に小さくつぶやいた。

「カフェーの女給で、名前を谷田部君代《やたべきみよ》という」

しかも、カフェーの女給。ユキの件と、妙な符合を感じた。

君代は銀座《ぎんざ》の表通りにある『ジャガー』というカノェーで働いていた。ところが、ある日忽然《こつぜん》と姿を消した。それが四日ほど前のことだったという。自宅にもずっと帰っていないことが確認された。

「そういうことはままあることで、店のほうはそんなに気にしていなかった。しかし私が贔屓にしていた娘でな、とにかく天真爛漫《てんしんらんまん》に明るく、いい娘で、勝手に蒸発するとも思えない。そこで店主の小林《こばやし》に無理を云って、捜してもらったんだ。すると、まるで小説のように、いささか妙な展開になった」

採用時に戸籍抄本を確認していたので、谷田部君代が本名であることは間違いない。店ではそのまま君代という名で働いていた。それ以外にわかっているのは、現在の居住地と、本籍地くらいだった。彼女の交友関係や、店の外の知り合いなどは誰も把握していなかった。間借りしていた家にも、ずっと帰っていないことが確認できた。

店主の小林は仕方なく、君代の故郷に向かった。静岡県の海沿いにある、寂れた漁師町だった。

「ここに来たことからもわかるように、その町でも君代は見つからなかった。それどころか彼女の生家はすでになく、親類縁者も誰も見つからなかった。ただし君代と同い年の、古い友人から話を聞くことはできた」

彼女は父《てて》なし子であったようだ。家には「父代わり」の男が一、二年ごとに入れ替わりながら出入りしていた。五年ほど前、十五のころに君代はこの町を逃げ出し、以降の消息は知らないと、友人だった女性は語った。常日頃から東京に行きたいと漏らしていたらしいが、東京に辿り着けたかどうかも知らないと。

君代が東京のカフェーで働いていたと知って、その友人も嬉しかったようだ。協力的で、小学校で撮った集合写真があるということで、小林は念のため見せてもらうことにした。

「ところがその写真を見て、小林くんは眉をひそめたんだよ。なにしろ知っている谷田部君代とは、まるで似ても似つかない顔をしていたからな」

もちろん人は変わる。特に女性は驚くほど変わる。田舎町から東京に出てきて、カフェーなどで働いていたらなおさらのことだ。それでも顔の輪廓や、眼や鼻や口といった各部の造りから、まるで面影がない。さらに君代は物静かで、天真爛漫とは対極にある性格だったという。

「その写真は借りることができ、私も見た。垢抜《あかぬ》けたとか、化粧がどうこうとか、そんなものじゃなかった。確実に別人だと断じていい。この子がどんな成長をしても、私の知っている君代にはならない。小林くんも同意見だ」

　じっと聞き入っていた佐久路が口を開いた。

「わかりました。彼女は谷田部君代という別人の名を騙っていた、と考えましょう。しかも戸籍抄本を用意できたのですから、思いつきで知り合いの名を騙ったわけでもない」

「そのとおりだ。これ以上、小林くんの手を煩わせるわけにもいかず、調査を進める方法も思いつかず、案じていたところ、ここの話を思い出した次第だ。君代のことが心配なんだよ。別人の名を騙るくらいなのだから、複雑な事情があるのかもしれない。調べてみて、くれるか」

　佐久路は気難しい顔で腕を組んだ。思案するように眼を細め、けれどすぐに声を発する。

「わかりました。これほど厄介そうな案件は初めてですが、ほかならぬ永井先生の頼みですし。ご依頼は、谷田部君代と名乗っていた女性を捜し出すこと、でよろしいですね」

「ああ――」永井は重々しく頷いた。「しかし、必ずしも見つけ出すことに固執はしない。事情もわからんからな。とにかく彼女が無事なのかどうかを知りたい。あとは彼女の素性、失踪した理由など、調べられる範囲で調べてほしい。それでも十分だ」

「そう云ってもらえると助かります。――ところで、彼女は君代さんの同僚だった方ですかね」

最初に名乗ったきり、じっと口を噤《つぐ》んでいた伊都に眼を向ける。まるでいま魂が宿ったように彼女はぱちぱちとまばたきをすると、静々と頭を下げた。

「はい。彼女とはいちおう店でいちばん長い付き合いでしたので、先生がぜひ同行してほしいと」

いちおう、という云い廻しに、こよりはかすかに棘《とげ》、あるいは突き放した冷たさを感じた。

「小林くんから聞いたが、ジャガーへも二人いっしょに入店したんだよな」

「はい、そうです」

「君代さんと知り合ったのはいつだろうか」今度は佐久路が尋ねた。

「昨年の震災のあとです」

それきり伊都は黙ってしまった。どうやら彼女は必要最小限のことしか話さない性質のようだ。

佐久路に促され、君代といっしょにジャガーで働きはじめるまでの経緯を伊都は語りはじめた。問われれば淀みなく話すので、べつに厭がっているわけでもなさそうだった。

伊都は以前からカフェーで女給をしていたが、震災で住むところも、仕事先も失い、行くあてもなく彷徨《さまよ》っていた。東京には頼れる親類も、知人もいなかった。

「彼女とは、逃げ延びた先の上野公園で出逢いました」

上野公園にかぎらず、当時大きな公園や寺社などは、焼け出され、行き場を失った人、あるいは連絡のつかない家族や知人を捜す人々で溢れかえっていた。上野公園の西郷隆盛《さいごうたかもり》像は、尋ね人の紙が大量に貼られていたことでも有名だ。

「その時点で彼女は、すでに谷田部君代と名乗っていたんだね」

「はい、そうです」

「それで、彼女とは意気投合したということかな」

「そういうわけでもないです。ただ、彼女とは歳も変わらず、わたしと似たような境遇のようで。お互い身寄りも、頼れる人もいないので、ひとりより二人のほうが心強かろうというだけです。ひとまず彼女といっしょにバラックの避難所で生活をして、あちこちで再建も進みはじめましたから、またカフェーで働こうと思ったんです。彼女は女給の経験はなかったようですが、いっしょに働きたいと云って、それで二人で働き口を探したわけです」

　こちらの調子が狂う感じで、唐突に話が終わる。なんだか機械仕掛けの人形を見ているような気分だ。問われたことは全部話しましたよ、と澄まし顔に書いていた。

　永井がソフト帽の位置を正しながら、伊都に水を向ける。

「君代が姿を晦《くら》ます前、妙な男が来たんだよな」

「はい。わたしは直接見聞きしたわけでなく、伝聞でしかないのですが、昔の彼女を知っている様子だったそうです」

　男は年のころ二十代の後半で、本名かどうかは不明だが、松下《まつした》と名乗っていたそうだ。人相や風体は堅気のそれではなく、ならず者とまではいかずとも、その日暮らしの瘋癲《ふうてん》といった感じの男だった。

　松下は店内を歩いていた君代に眼を留め、驚いた顔を見せたという。次いで、応対していた女給に彼女の名前を尋ねた。君代だと教えられると、「そうか。ここでは君代と名乗っているのか」とほくそ笑んだという。君代が失踪する二日前のことだった。

　佐久路は興味を引かれたようだった。

「時期的にも、その松下という人物が失踪に関わっている可能性は高そうですね」

「そうなんだ。しかしそれ以来、店には姿を現していない」永井が答えた。

「もし彼が再び店に来たとき、すぐに連絡をもらうことは可能ですかね」

「可能だろう。店長の小林くんには話を通しておこう」

「助かります」

現状でわかっている情報はおおむねここまでのようだった。

調査については明日、君代が——実際には「君代」でなかった可能性が高いが、とりあえず素性が判明するまでは君代と呼称する——住んでいた家に行くことに決めた。失踪直後に店長と伊都が赴いているものの、彼女の残していった荷物が、まだそこにあるということだったからだ。

その調査には、伊都も同行してもらうことになった。

相変わらずあまり感情を見せない様子で、けれど厭がるふうでもなく、淡々と「わかりました」と彼女は承諾した。

二

文豪の尋ね人である君代の住んでいた家は、日本橋《にほんばし》方面から鎧橋《よろいばし》を渡った小網町《こあみちょう》にあった。

入り組んだ住宅地を、伊都を先頭に三人で歩く。

昼前とあってあちこちから焼き魚や、味噌汁やら煮物やらの匂いが漂ってきた。夏場なので、どこも窓や玄関を開け放しているのだろう。玄関前で七輪を使って魚を焼いている家もある。

そういえば震災が起きたのもいま時分で、炊事で火を使っている家が多かったため、そこら中で火災が多発してしまったようだ。加えて強風だったこともあり、東京市中全域が火の海に沈むことになってしまった。

なお、ねんねこ書房はひとまず臨時休業中である。どこまで戦力として見てくれているかはわからないけれど、留守番とならなかったのは嬉しかった。

特に会話もなく歩を進めていると、

「あの家です。彼女が住んでいたのは」

伊都が前方の家を指さした。

軒いっぱいに葭簀《よしず》の日覆いをかけている、間口の狭い、こぢんまりとした二階家だ。

声をかけて中に入ると、齢《よわい》七十は優に超えている老婆が出迎えた。伊都を見て「またあんたかい」と告げる。

「すみません。また二階の様子と、荷物を確認したいんです。構いませんか」

「勝手におし。今月分の金は貰ってるからね。それまでは義理は果たすよ」

「ありがとうございます」

頭を下げた伊都の様子を見ることなく、さらには佐久路やこよりの存在を気に留めるふうもなく、老婆はさっさと奥へと戻っていった。彼女がこの家の主であり、二階部分を丸々君代に貸していたそうだ。家主のいる下宿住まいなので、君代がずっとこの家に戻っていないことも間違いない。

三人で顔を見合わせ、誰ともなく頷いてから、玄関先の左手にある急な階段をゆっくりと上がった。

二階は六畳と四畳半のつづきの二間で、それですべてだった。

君代が失踪して初めて、伊都もこの部屋に足を踏み入れたという。震災直後は生きるために身を寄せ合っていたものの、彼女自身が云っていたとおり、馬が合ったわけではなかったのだろう。

調度は少なかった。鏡台や簞笥、あとは小机など、最小限のものしかない。

君代が残していった、衣服以外の細かな私物は、木箱にまとめて放り込まれていた。

数としては化粧品のたぐいが多く、あとは文房具類や、油紙など細々としたもの、櫛や簪なども見える。ただし用箋や手紙、あるいは手帖など、文章の書かれていそうなものは見当たらなかった。写真もない。彼女の過去や、失踪の理由、失踪先の推測に繋がりそうな物品はなさそうだった。もちろんひと目でそれとわかるものがあれば、前回店長と伊都が訪れたときに気づいたはずだ。

ただし雑多な私物の中で、ひとつだけ異物感を放つものがあった。一冊の単行本だ。背表紙には『ふらんす物語』と題名がある。

佐久路はその本に手を伸ばした。表紙の上部には建物のような絵が見て取れた。

ぱらぱらと本をめくった佐久路は、わりあいとすぐにその手を止めた。覗き見ると、その頁には一枚の栞《しおり》が挟まれていたようだ。猫の絵が描かれた、かわいらしい栞だった。

しばしその頁に眼を走らせたあと、佐久路は本を閉じて顔を上げ、こよりを見つめた。

「この家の婆《ばあ》さんに話を聞くか」

一階に下り、台所にいた家主の老婆に声をかける。

「なんだい、そろそろ飯を食おうと思ってたのに」

とぼやきつつも付き合ってくれた。台所の隣の、彼女の唯一の生活空間らしい六畳の部屋で、卓袱台に並ぶ。お茶は出なかった。

前回、ジャガーの店長たちが来たときと質問がかぶるかもしれないが許してほしい、と前置きし、佐久路が問いかける。

「二階はずいぶんと殺風景でしたが、失踪前からあんなふうでしたか」

「そうだ。あの箪笥や鏡台にしても、もとからここにあったもんで、君代はなにも買っちゃいないよ」

「君代さんがここで生活をはじめたのは」

「昨年末だ。師走《しわす》の、半ばくらいか」

「ちなみにジャガーで働きはじめたのは」この質問は伊都に。

「十一月に入って、少し経ったころだったかと」

「彼女は人気だった」

「ええ。明るくて、あの子はおしゃべりも上手だったから」

ここに部屋を借りるのも、客の仲介があったという。佐久路は再び家主に眼を向けた。

「ここでの君代さんの様子はどんな感じでしたか」

「どんな感じもなにも、特に干渉はしてなかったからね。いまどきの子はあれだろ、そういうの嫌うんだろ。窮屈な時代だよ」

「友人や、男を連れ込んだりは」

「そういうのはなかったね。明け方に帰ってきたり、男の家か待合に泊まったんだか、何日か留守にすることはあったけどね」

「では、怪しげな男がやってくることもなかったんですね」

「そう云ったろ」

早く飯が食いたいね、と云わんばかりに老婆は台所に眼を向ける。香の物か、あるいは糠床《ぬかどこ》だろうか、かすかに酸っぱい匂いが漂ってきた。

「そうなると彼女の失踪の理由や、原因に心当たりは」

「あるわけないだろ」

「では最後に――」佐久路は二階から持ってきた本を掲げた。「君代さんの荷物にあったものですが、この本に見覚えはありますか」

老婆が眼を細め、顔を近づける。

「そりゃまあ、残されていた荷物はあたしがまとめたんだから、そんときに見たよ」

「それ以前に見た覚えは。読んでいるところとか」

「なかったね」

「彼女は普段から本を読んでいた様子でしたか」

「さあ知らないよ。ただ、部屋で本を見かけることはなかったかね」

「わかりました。ちなみにこれ、お借りしてもいいですか」

再び佐久路は本を掲げた。

「借りるもなにも、全部処分してもらえるとあたしゃありがたいがね。どうせ帰ってきやしないだろ。もう八月も終わるんだから、それまでにあんたらのほうでなんとかしておくれよ。面倒ごとはごめんだよ」

佐久路は苦笑しながら老婆の愚痴を受け流し、「では遠慮なく」と応じた。

つっけんどんながら、どこかしら憎めない家主からの聞き取りを終え、家をあとにした。

カフェーの人たちがいちど来ているわけだから過度な期待はしていなかったけれど、特別これといった情報は得られなかったように思う。君代が質素で、おそらく平穏な生活を送っていたことがわかったのは収穫だろうか。失踪の原因となるような、不穏な気配はなかった。だとするとやはり、彼女が失踪する二日前に店にやってきた、松下と名乗る男が鍵を握っているように思える。

それともうひとつ、気になることがあった。市電の停留場に向かってぶらぶらと歩きながら、こよりは佐久路へと話しかけた。

「その本、『ふらんす物語』でしたっけ、それが今回の謎を解く手がかりになりそうなんですか」

佐久路は乾いた笑みを浮かべた。

「だといいんだが、そう都合よくはいかんだろう。書き込みがないか、いちおう確認はするつもりだがな。ちなみにこれ、永井先生の本だぞ」

「あ、そうなんですね」

見えるように向けてくれた背表紙には、たしかに「永井荷風著」の文字がある。

「ところで伊都さん、彼女が『ふらんす物語』を読んでいたことは」

佐久路の問いかけに、伊都はこくりと頷いた。

「知っていました。店に永井先生が来られるようになって、彼女はとてもかわいがられていましたから。それで先生の本を読むようになり、特に『ふらんす物語』がお気に入りだったようです」

「この本に関して、君代さんが云ってたことを教えてもらえるかな」

伊都は本にちらりと眼をやったあと、捨てるような視線を夏の空に向けた。

「特に、その本にある『再会』という短編が好きだし云っていました」

「青年永井荷風が、巴里《パリー》で旧友と再会する話だね」

「その友人の言葉が、とても心に染みるって。彼女は、ずっと東京に憧れていたようです。憧れて、憧れて、そうしていろんな廻り道をして、ようやく東京に辿り着いた。ところが着いた途端、大震災で東京は壊滅してしまった。でも、やっぱり東京は東京で、憧れていた土地に違いはなかった。最初はとにかく浮かれていた。なのに、なぜだか理由は自分でもわからないけれど、近ごろは虚しさばかりが胸に溜まるんだって。憧れていたはずの東京にいることが、悲しく思えるんだって。自分は成功したわけではないけれど、『再会』に出てくる友人の言葉は、とてもよくわかるような気がする。そう、彼女は云っていました」

彼女が話し終えると同時に停留場に着いた。

伊都としては珍しく、多弁のように思えた。そして言葉の裡に、かすかな、本当にかすかではあるけれど、感傷が滲んでいるように思えた。

こよりは『再会』を読んでいないため、彼女の言葉には摑めないところがあった。隣に立つ佐久路に、そっと声をかける。

「あの、わたしも『再会』を、『ふらんす物語』を読んでみたいです」

「そうだな」

それだけを云って、彼は微笑んだ。

ごとごとと音を立てて、ちょうど市電がやってくる。

三

「まず、青年永井荷風がアメリカとフランスに外遊していたことから説明しておこうか」

伊都とは途中で別れ、ねんねこ書房に帰ってきて遅めの開店を迎えたのち、佐久路が『ふらんす物語』の背景を説明してくれることになった。この本には、いささか込み入った事情があるらしい。

なお、帰りの市電の中で確認したけれど、君代の持っていた本に書き込みや、紙片が挟まれているなど、失踪の手がかりとなりそうなものは見当たらなかった。

「永井荷風はずっとフランスに憧れを抱いていた。どうにかして渡仏できないかと画策していた。その思いは幾ばくか通じ、明治三十六年、父親の計らいでアメリカにおいて実業を学ぶことになった。望んでいた土地ではなかったものの、フランスへの足がかりにはなるはずだと、打算含みの渡米だったようだな」

それが荷風、数え二十五歳のときだった。

アメリカでは主に銀行に勤めるなどして約四年間滞在し、そして明治四十年、正《しよう》金《きん》銀行リヨン支店に転勤するかたちで、ついに念願叶ってフランスの地を踏むこととなった。ただし、フランス滞在は一年に満たない短いものに終わっている。

「荷風は異国の地での見聞をもとにした作品を断続的に雑誌に発表し、明治四十一年にアメリカを舞台にした短編集『あめりか物語』を刊行。この作品は好評を博し、文壇における評価も高いものだった。翌四十二年、今度はフランス編とでもいうべき『ふらんす物語』を同じく博文館《はくぶんかん》から出した。ところが、だ——」

そこでいったん言葉を切り、佐久路は険しい表情を浮かべた。

「この作品は刊行前に当局から発売禁止、いわゆる発禁処分を受けてしまう」

「どうして、なんですか」

「おそらくは風俗壊乱とか、まいどのあれだろう」

佐久路は深い嫌悪を眉間に刻んだ。彼としては珍しい、感情を露わにした表情だった。当局の検閲について、それだけ思うところがあるのだろうと感じる。

「結果『ふらんす物語』は世に出ることなく、いちどお蔵入りとなったんだが、大正四年、修正版と呼べるこの本が出た。収録作品や、内容の一部に修正を加えたものだ。そのためこの本の正確な題名は『新編ふらんす物語』になる」

ここで佐久路は本を手渡してくれた。たしかに表紙などの題名は『新編ふらんす物語』になっている。

「じつはこの本、博文館が発禁の損害を少しでも取り戻そうと、著者の意に反して出されたものなんだ。その後大正八年には荷風全集として、再び収録作や内容を見直した『ふらんす物語』が出ている。順風満帆だった『あめりか物語』とは対照的に、紆余曲折《うよきょくせつ》を経ているのが『ふらんす物語』なんだ」

なるほどたしかに込み入った事情だと、こよりも納得した。

それにしてもアメリカに、フランスか……。

こよりはしげしげと表紙を見つめた。上に描かれている絵は、凱旋門《がいせんもん》だとわかる。自分には一生縁のない土地だろう。行きたくとも、行けるはずもない世界だ。この本を読めば少しは異国の風を感じることができるだろうかと、本を握る手に、かすかに期待を込めた。


その後はいつものように、店番などの空いた時間に少しずつ『新編ふらんす物語』を読み進めた。

君代の件の調査については、少なくともこよりの知るかぎりにおいて進捗はないようだった。佐久路が動いているのかどうかもわからない。

戸籍に記されていた静岡県の漁師町は、君代の本当の故郷ではない可能性が高い。この町を訪れても意味はないだろう。そうなると彼女の失踪と繋がっていそうなのは、現時点では唯一、店に来た松下という男だけだ。なんとかして彼を見つけ出すしかないように思えた。

その件については一点、佐久路から云い渡されていることがあったけれど、いずれにせよいまは待つしかない状況だった。

受け取った『新編ふらんす物語』は、最初から順番に読み進めることにした。それほど分厚い本ではなかったけれど、けっこうな数の作品が収められていて、つまり一編ずつはわりあいに短めだ。ただしうしろのほうは小説というより、歌劇などに関する随筆らしきものが収められているようだった。

いずれの短編も若かりし永井荷風本人の視点で、フランスの町角で見た風景、出逢った人や、出来事を、端麗な文章で描いている。たとえば『蛇つかひ』はボーグと呼ばれる浮浪の見世物師の、夜のカンテラの下で見た華やかな姿と、同一人物でありながら日の光の下で見た草臥《くたび》れた母親としての姿の対比が、物悲しくも美しく描かれている。市井《しせい》に生きる人の強さと、悲しさも感じられて、印象深い作品だった。

そうしていよいよ『再会』へと至る。

ニューヨーク時代に親交を深めた洋画家と、荷風は巴里の街角で奇遇にも再会し、旧交を温める。やがて洋画家はカッフェーで杯を傾けながら、自らのつらい心情を吐露する。巴里に来たときの熱情を、すっかり失ってしまったのだと。旅の淋しさや、ホームシックとは違う、気力の抜けたような、裏悲しい気分に襲われてしまったという。

彼は成功者だった。彼の絵はすでに日本で評価され、成功は約束されている。巴里に遊学するという、画家の憧れも果たした。にもかかわらず、厭で厭でたまらなかった逆境のニューヨーク時代のほうが恋しく思えてくるのだという。

こちらにいるあいだにイタリヤを見てきたいという荷風に対し、『僕はもう何処《どこ》も見まいと思つて居る。』と彼は告げる。

『なぜッて、イタリヤに行けば行くだけ、僕は例の、成功の悲みを増すに過ぎないと思ふからさ。何んでも物は夢みて居る中《うち》に生命《いのち》もある、香気《にほひ》もある。それが実現されたらもう駄目だ。僕はせめてイタリヤの青い空と海だけは、眼で見ずと、永遠に心で夢見て居たいと思ふからさ。』

非常な物悲しさと、哀切さの溢れる小編だった。

友人の洋画家とは対照的に、巴里を満喫していると答える荷風の言葉にも、薄皮一枚隔てて淋しさが滲んでいる。

君代は、この洋画家の心情に共感を覚えたという。彼が巴里に憧れを抱いていたように、彼女は東京に憧れていた。

幻滅とは明らかに違うし、燃え尽きたというのとも違う気がする。行くあてを見失った淋しさ、というのが近いと思えるけれど、こういった感情をひと言で説明しようとすると、それは違うものになってしまうような気もする。

なお、君代の挟んだ栞は、イタリヤは見ないという洋画家の印象的な台詞のある、『再会』の最後の頁に挟まれていた。まるで自らの失踪の理由を、彼の言葉で代弁するように。

君代は、この小説を読みながら、どんな景色を見ていたのだろうか。

想像しようとしてみたけれど、巧くはいかなかった。

四

ジリリリリン！　ジリリリリン！

けたたましいベルの音が、うつらうつらと午睡に陥りかけていたこよりを叩き起こした。

すわ！　火事か！

寝ぼけまなこで店内を見廻し、
違う！　電話だ！

と気づく。奥の部屋に入って受話器を持ち上げる。電話機のある仕事場は初めてで、最初はおっかなびっくりだったけれど、最近はすっかり慣れた。古書の買い取りやら問い合わせやら、多くはないけれどたまにかかってくる。

相手はジャガーの店主、小林のようだった。交換手に繋いでもらう。

「あ、ねんねこ書房ですか。ジャガーの小林です」

「はい、ねんねこのこよりです。佐久路はいま出かけてまして」

「そうですか。じつはついさっき、例の男、松下が店に来ました」

「本当ですか！」

君代の過去を知るかもしれない男だ。彼が店に来たらすぐに連絡をしてもらうよう、かねてから店主に頼んでいた。依頼を請けてから三日がすぎたので、君代の失踪からはおよそ一週間が経っている。

とりあえずすぐに伺いますと返し、電話を切った。佐久路がいないときに連絡があったときの対処も、ちゃんと云い渡されている。

とにかくなるべく早くジャガーに向かうべし。

幸い客はおらず——うたた寝をしていたくらいだし——すぐに店仕舞いの準備をはじめた。表の雨戸を閉めて錠を差し、奥の部屋から倉庫兼こよりの寝床がある隣の建家に移動して、そちらの玄関から外に出る。そして店の雨戸には「臨時休業」の貼り紙。この紙には「豹《ひょう》より入電有」と小さく書きつけた。ジャガーから連絡があったと佐久路に伝える符牒《ふちょう》だ。

表通りに出て、辻待ちの車《タクシー》を捕まえ、値段の交渉もそこそこに銀座に飛ばしてもらう。すでに夕刻と呼べる時刻だけれど、まだ外は明るい。

電話から三十分後くらいにはジャガーに到着することができた。

店に入ると、すぐに小林が気づいて駆け寄ってきた。口髭《くちひげ》を生やした四十代の人物だ。ガルソンふうの恰好をしている。

「ねんねこ書房のこよりさんですね」

「あ、はい。松下は」

衝立《ついたて》の奥の、目立たない場所に移動する。

「大丈夫です。まだ店にいます。どうやら君代を捜してまたやってきたようですね。ついた女の子にも、君代の居場所を知らないかと聞いているようです」

「そうなんですね。それで、どうしたらいいでしょうか」

小林は訝しげに眼を細めた。

「佐久路さんから、聞いてはいませんか」

「えっと、連絡があったらとりあえずジャガーに行けとだけ」

「そうですか。佐久路さんからは、もし状況が許せるなら、貴女に女給のふりをして松下から話を聞き出させてほしいと伺っているのですがね」

「わ、わわわわわたしが女給になるんですか」

動揺するこよりをよそに、小林は顎に手をあて、ふむ、と頭から爪先まで視線を落とす。

「恰好が野暮ったすぎますが、そこは若さとかわいらしさでなんとかなるでしょう」

貶《けな》されているのか褒められているのかよくわからない。

震災からこっち、女給による過剰な接客を売りにするカフェーが増えてきているが、幸いジャガーはそういった感じではない。とりあえず客の横に坐って話をすればよいと、小林は早口で説明してくれた。

こうなったらやるしかないと、こよりも覚悟を固めた。ぐずぐずしていては松下が帰ってしまう。

小林に連れられ、松下が坐る席に向かう。店内は巴里の匂いを感じられる——行ったことはないけれど——おしゃれな椅子とテーブルが等間隔に並んでいた。内装は白と茶系の色で統一されていて、そのあたりもモダンな装いだ。

「お客さま——」小林が慇懃《いんぎん》に腰を折る。「こちら新人の女給でして。非常に野暮ったい身なりですが、そこは見習いということで大目に見ていただいて。その代わり料金は勉強させていただきますので、どうか教育にご協力いただけますか」

思いつきの方便とは思えないほど流麗な台詞だった。経験の豊富さが窺える。こよりもぎこちない笑みで会釈をする。

伊都の話にあったように、松下は一見して堅気には見えない風体だった。かといって博徒というほどの凄みもない。とにかくいろんな意味で中途半端な男だった。

人面でもない。とにかくいろんな意味で中途半端な男だった。これも話のとおりで、顔も二枚目でなければ悪人面でもない。

粘つくような視線でこよりの全身を嘗《な》め廻したあと、これまた中途半端な人間の常として、無闇に尊大な態度で「ああ、いいだろ」と応じた。

失礼します、と隣に腰かける。

「名前はなんだ」

「え？　あ、えと、こ、小鳥です」

「小鳥？」

「あの、いわゆる、源氏名ってやつですけどね。あはははは」

しばしたわいのない会話を交わすと、なぜカフェーで働こうと思ったのかと尋ねてきた。ここが好機とよりはさっそく切り込む。

「それがですね、この店に君代さんって人がいたんですけど、街で偶然出逢ったんです。路頭に迷っていたわたしに食事も恵んでくれて。命の恩人と云っても過言ではありません」

君代の名を出した途端、松下の眼の色が変わった。気づかないふりでつづける。

「それで君代さんを頼ってこの店に来たんですけど、先日突然辞めちゃったとかで、わたしもびっくりですよ」

「知らないのか」

「はい？」

「君代がどこに行ったのか知らないのかと聞いている」

「さあ、わたしが知りたいくらいで。あ、でも！」大きく手を叩いて天井を見上げる。「君代さんの故郷なら知ってますよ。わたしの故郷とすごく近くて。それで意気投合したところもあるんですよ」

本籍として書かれていた静岡県の漁師町を口にする。もし松下が彼女の素性を知っているのなら、なんらかの反応があるはずだと踏んだ。

松下は小馬鹿にするようにくっくと笑いはじめた。

「そうか。あいつは静岡の生まれだと云っていたのか」

「え？　お客さん、君代さんのこと、なにか知ってるんですか」

「ああ。それでこの店に来たくらいだからな。あいつの生まれは岩手だよ。岩手の寒村だ」

よっしゃ――！　こよりは心の中で握りこぶしを固めた。彼からはできるかぎり情報を引き出さねばなるまい。

「嘘ですよー。君代さんが嘘をつくわけないです。岩手のどこですか。はっきり云ってくださいよ」

「さあ、そこまでは知らねえよ」

これは本当だろうと判断する。とすると幼馴染みとか、そこまで深い関係ではないということだ。彼女が東京に来る前にいた土地での知り合いとか、そのあたりだろうか。彼女は伊都に「いろんな廻り道をして、ようやく東京に辿り着いた」と云っていた。どこかの土地で働いていたのは間違いない。

「じゃあ、家は網元の裕福な地主で、お金のためではなく、人生経験を積むために女給をしていたっていうのも、嘘なんですかねえ」

松下の嗜虐心をそそるように、君代は大言を吐いていたように装った。

思惑どおり、彼はからからと笑いはじめた。

「あいつはそんなことまで云っていたのか。大した法螺《ほら》吹き女だよ。いいか、本当のことを教えてやる。あいつは元女郎だよ。水戸《みと》の『つるのや』って店で働いてたんだ」

やった――！　こよりは思わず笑みがこぼれそうになり、慌てて押さえ込んだ。彼女の素性を摑むうえで、かなり重要な情報を得ることができた。

君代のことを気にしても不自然ではないので、その後も情報を引き出そうと探りを入れてみたけれど、さすがに漏らしすぎたと思ったのか、それともそれ以上は知らないのか、これ以上の収穫は得られなかった。松下はさだめし『つるのや』で、彼女の常客だったのではないだろうか。だとすれば、さほどのことは知らなくてもおかしくない。

やがて彼は「そろそろ帰るか」と立ち上がった。引き留める理由もなく、ここは素直に従った。

問題は、このあとだ。彼のあとを密かにつけるべきか。思案しつつ松下のうしろ姿を眼で追っていると、入口付近に佐久路が立っているのが眼に入った。鳥打帽を目深にかぶっているけれど、すぐにわかった。表の貼り紙を見て、すぐに駆けつけてくれたのだろう。

こよりを見つめ、静かに頷いてくれる。そうして松下のあとを追うように、彼もまたそっと店を出ていった。扉の向こうは、すでに暗闇に沈んでいた。

自分の役目はここまでだなと、こよりは深いため息をつき、席に沈み込んだ。

五

佐久路は奥の部屋で執筆に勤しみ、こよりは帳場で先月の売上げなど帳簿の整理に勤しむ、ありふれた夏の終わりの午後。

表口に人影が差し、

「いらっしゃ——」顔を上げると同時に挨拶を呑み込んだ。「あら、伊都さんじゃないですか。お久しぶりです」

こよりの会釈に、伊都は貴婦人のようなゆるりとした仕草で返礼した。彼女には年齢以上に大人の色香が備わっていた。今日は裾模様の白っぽい着物に、蒲公英《たんぽぽ》色の半衿が眼に鮮やかだ。

ジャガーで松下に会ってから、今日で三日が経つ。

あのあと、ねんねこ書房に戻ってきた佐久路に松下との会話をつぶさに伝えた。彼は翌日さっそく、水戸に調査に向かったようだった。そこでなにを摑んだのか、あるいは摑めなかったのか、結果はまだ聞いていなかった。

伊都に逢うのは君代の家に行ったとき以来だから――ジャガーで女給に扮《ふん》したときには逢えなかった――五日ぶりということになる。

「おお、わざわざすまなかったね」

佐久路が奥の部屋から顔を覗かせた。伊都はどうやら彼に呼ばれて来店したらしい。

例によって彼女には椅子を案内し、こよりは立って帳場を佐久路に譲る。いちど奥に引っ込んだ彼が、再び顔だけを覗かせた。

「そうそうちょうど今朝方、がんづきをもらったんだ。伊都さんもどうだい」

問われた伊都は、きょとんとした顔を見せるだけだった。

「あれれ。がんづき、お好きじゃない」

「あの――」ようやく、口を開く。「おっしゃっている意味が、よくわからないのですが」

「おかしいなあ」

云いながら佐久路が店のほうに姿を見せる。手には皿を持ち、その上には茶色くてふんわりとした、パンのような、お菓子のようなものが乗っていた。

「これががんづきだよ。貴女の生まれた岩手の農村では、誰もが知っているはずの菓子なんだがね」

佐久路は澄まし顔のままじっと伊都を見つめ、彼女の表情が、かすかに強張《こわば》るのが見て取れた。佐久路は皿を帳場に置き、静かに語りかけた。

「ジャガーの店長にお願いして、貴女の採用時の記録を見せてもらった。本名は竹《たけ》岡定子《おかさだこ》、生まれは岩手県の農村だったよね。でも、貴女は岩手の生まれではない。生まれ育ったのは静岡県の漁師町。そして名前も竹岡定子ではない。そうだよね、谷田部君代さん」

え？　谷田部君代？　こよりは混乱する。それは失踪した、天真爛漫な女性の名前だったはずだ。

「そんなことをしなくても――」皿の上のがんづきを見つめ、伊都は薄く笑う。

「問われれば素直に認めましたよ。自分から云うつもりはなかったですけど、是が非でも隠し通す理由もないですから」

「そうか。念のためではあったんだが、こいつは少々厭らしかったかな」

そう云ってがんづきをぱくりと口に含んだ。

「ちょ、ちょっと待ってください！」こよりが叫ぶ。

「なんだ。君も食いたいのか」

「はい。ぜひいただきたいです。――そうじゃなくて！　いや、がんづきはいただきますけど。伊都さんが君代さんって、どういうことですか」

「どうもこうも、状況から、答えはひとつしかないだろう。ジャガーで谷田部君代と名乗り、失踪した女給は竹岡定子さんだ。そしてここにいる伊都さんが本物の谷田部君代さんだ。二人は戸籍を入れ替えて勤めていたんだ」

「ああ、もぐもぐ、なるほど」わかったけど、やっぱりよくわからない。「でも、どうして、そんなことに」

佐久路と伊都を交互に見つめた。それにしてもがんづきは甘くておいしい。

「焦らずとも、いまから順番に説明する。これから話す内容には伊都さんも知らないことが含まれているはずだ。それを聞かせるのが今日の目的でもある。同時に、わからないところは教えてくれると助かる」

佐久路の言葉を受け、伊都はごくわずかに頷いたような気がしたけれど、身体が揺れたのとほとんど区別がつかない。

まずは伊都に向け、先日ジャガーに松下がやってきたことと、彼が曝露《ばくろ》した君代の過去を説明した。

「そこでさっそく水戸に向かい『つるのや』なる娼家《しょうか》を捜した」

辻待ちの俥夫《しゃふ》や運転手に尋ね、店はすぐに見つけることができた。粗末な二階家がひしめき、入り組んだ、うらぶれた私娼窟《ししょうくつ》の一軒だった。店にはおかみなのか遣手《やりて》なのか、年老いた婆《ばば》がいた。

「まずは店の人間に、君代さんの人相書きを見せた。ジャガーの人たちに協力してもらって描いたものだ。あいにくと写真はなかったのでね。なお、現時点では便宜上『君代さん』と呼称する」

佐久路は当初、店側の反応は期待していなかった。知っていても、正直に答えてくれるとはかぎらないからだ。そのときは別の手立ても考えていたが、人相書きを見せると、意外にもすぐに反応が返ってきた。老婆は険しい顔で「あんた、なぜこの女を捜してるんだ」と尋ねてきたのだ。その物云いには明らかに警戒と憎悪が籠もっていた。

こういうときは事務的に接するほうがかえってよい。佐久路は感情を交えず、自分は探偵で、詳細は職業柄語れないが、依頼を請けてこの女性を捜しているのだと素直に伝えた。すると老婆は、意外な事実を教えてくれた。

「彼女はその店で『お蘭《らん》』という名で働いていた。そして彼女は、お尋ね者だった」

かすかに伊都が顔をしかめた。佐久路が問いかける。

「そのことは知ってたのかい」

「薄々は勘づいていましたけど、詳しくは」

「そうか。『つるのや』で遊女として働いていた彼女は、昨年の八月終わりごろ、客の持っていた大金を奪い、さらに盗難に気づいた客に怪我を負わせて行方を晦ましている。それから東京に逃げてきたのだとすれば、来るなり大震災に遭ったという、君代さんの語った状況とも一致する」

人相だけでなく、背丈や性格なども一致した。お蘭が君代だと考えて間違いはないと佐久路は判断した。なお、こういう場所の常として、店側もたしかな身許《みもと》は把握していなかった。ただ、君代とは名乗っていなかったようだ。

「そうなると、松下の話は信用できるものだったとわかる。彼は『つるのや』でお蘭の常客だったのだろう。当然、事件のことも知っていた。そして東京で偶然、お蘭の姿を見つけた。君代と名乗る女給としてだ。彼は端から警察に垂れ込もうとは考えなかった。彼女を脅して金を巻き上げようとしたんだろうな。そうして君代さんは再び逃げる羽目になり、松下は彼女を捜していたと、そう推測できる。おそらく大筋で間違いはなかろう」

そこでひと呼吸置いて、「お茶が欲しいな」と佐久路は云った。すぐに用意します、とことよりは急いで台所へと向かった。

三人分を用意して、順番に渡しながらつぶやく。

「君代さんの失踪理由は、わりと単純だったんですね」

「そうだな。ただ、彼女が名前を偽っていたと思われたので、とたんに謎めいた感じになった」

「そこ、ですよね。伊都さんが本物の君代さんだと、どうして気づけたんですか」

「それは簡単だ。『つるのや』で彼女は君代と名乗っていなかった。その前から谷田部君代という偽りの名を手に入れていたが、『つるのや』では使っていなかった可能性もなくはない。しかし彼女は犯罪を犯して東京に逃げてきている。こっちに来てから別人の身許を欲したと考えてもおかしくはなかろう。さて、ここからは君代あらため、謎の女性A子と呼称しよう」

空中に指先で英語の「A」を書く。なにしろややこしいからね、と佐久路は小さく笑う。

「では、A子はいつ、どこで、谷田部君代という名前を手に入れたのか。彼女は東京に来てすぐに君代さんと出逢い、彼女が震災で死んだためにその身許を頂戴した。というのが最もありそうな答えだろう。ただしもうひとつ、ジャガーに来る前にともに過ごしていた伊都さんと、名前を入れ替えた可能性もある。そこで念のために確かめてみることにした。

伊都さんの生まれは岩手県の農村。松下の語ったA子の話と一致する。さらに店長が持ち帰った、君代さんの小学生時代の写真も見せてもらった。伊都さんだと思って見てみれば、ずいぶんと変わってはいるものの、たしかに面影がある。店長たちはA子だと思っていたので気づかなかったのだろう。さらに君代さんは物静かな性格だったという。偶然だとすればできすぎだ。伊都さんこそが、谷田部君代だと確信した」

伊都はまるで自分とは関係のない話のように、能面のような顔で、じっと耳を傾けていた。

そういえば、と云って佐久路は再びがんづきに手を伸ばした。こよりもさりげなく二つ目を手に取る。

「伊都さんは、いちども『君代』と口にしなかった」

「え？　ふぉんとでふか！」

「食ってからしゃべれ。伊都さんは君代さんのことを、常に『彼女』と呼んでいた。気づいたのは依頼を請けた翌日、小網町の家に三人で行ったときだ。それまで君代さんの話をしているわけでもなかったのに、伊都さんは『彼女の住んでいた家』と云った」

佐久路はそこで、伊都に眼を向けた。

「かすかな違和感だったが、思い返してみても、それからも、貴女はいちども『君代』とは口にしなかった。無意識かな、それとも意識的かな」

「意識的であり、無意識でもあるでしょうか。習い性でしたから」躊躇する様子もなく、伊都は自然な口調で答えた。「自分の名前を呼ぶのは変な感じがしましたから。その前からずっと、どうしても必要なとき以外は『君代』とは口にしませんでした。彼女が失踪したときにはもう、入れ替えは解消しようってことになっていましたし。ジャガーにいるあいだは、彼女の名前、竹岡定子で通すつもりでしたけど」

「順番に聞こうか。まず名前の入れ替えを提案したのは、どちらからだろう。やはり定子さんかな」

「そうです。彼女から、でした」

伊都はそこでふと、視線を上げた。迷い込んだのか、揚羽《あげは》の蝶が、店の表口付近を舞っていた。彼女の視線は、自由に飛ぶ、その美しい蝶をずっと追っていた。

「本当にろくでもない人生だよ」

定子はそれが口癖であるかのように、何度も口にした。そうして自分のろくでもない人生を、折に触れ、ぽつりぽつりと語った。

子供のころからずっと、フランスに憧れていた。おしゃれで、モダンで、洗練された美しい都、巴里。でも、貧しい農民の娘がそんなところには行けないのだってことは、厭というほどわかっていた。だから現実的な目標は、東京だった。

寒村を抜け出したい一心で、十四で女工になった。でもそこは、本当に地獄のような場所だった。仲間がひとり、二人と、身体を壊して消えてゆく。そうして使い捨ての消耗品のように、機械の部品のように、新しい女工が補充される。次は自分の番だと、ずっと恐ろしかった。

だからそこも逃げ出して、女郎になった。女工よりは、少しはましな気はした。でもやっぱり、苦界《くがい》は紛れもなく苦界だった。肉体も、精神も、毎日削り取られてゆくのを感じた。

でも、東京に行くという目標があった。夢があった。だからがんばって金を貯めて、ようやくその苦界からも抜け出した。ところがその憧れていた東京に着いてほどなく、大地震に遭い、焼け出された。自分は疫病神じゃないかとすら思えた。

定子はときに真剣に、ときに笑い飛ばしながら、自らの半生を語った。

「これは、きっかけなんだよ!」

入れ替わりを提案したあと、定子はそう叫んだ。

「お互いろくでもない人生だったけれど、これでなにか運の流れが変わるかもしれない。これまでは、たんに巡り合わせが悪かっただけなんだよ。わたしが君代を、あんたが定子を名乗れば、人生が開くんじゃないかな」

まるで世紀の大発見をしたかのように、定子は痛快そうに云った。

むちゃくちゃな理屈だとは思ったけど、そのむちゃくちゃさ加減が、心地好くもあった。人生のろくでもなさなら、君代も変わらなかった。

無論、危険は感じた。語りはしなかったけれど、彼女はなにかから逃げているのではないか。だから名前を捨てようとしているのではないか。そんな懸念を覚えなかったわけではない。

でも、それならそれでいいと思った。新しく生まれ変わる魅力にすがりつきたくなるほどには、君代も人生に倦《う》んでいた。

そうして二人は名前を入れ替えることになった。

君代の勤めていたカフェーは潰れてしまったので、また新しく見つける必要があった。それを知って、定子も女給をやると云い出し、二人で働ける店を探すことになった。

名前を入れ替えたのにいっしょに働くのはおかしいような気もしたが、定子は女給の経験がないので、慣れるまではそばにいて教えてほしいと頼んできた。それに入れ替わりで不都合が生じるかもしれないし、しばらくは近くにいて様子を見たほうがいい。仕事に慣れ、入れ替わりに不都合もなさそうだったら、別の町に移ると定子は云った。

そのほうがいいのかなとも思えたし、君代も承諾した。結局、気づけば一年近くも同じ店で働くことになったのだけれど。

もっとも、君代としても不満は感じていなかった。震災後に彼女と出逢い、名前を入れ替えたあとの人生は、とりわけ素晴らしいものではなかったけれど、穏やかで、少なくとも悪くはないと思えるものだったから。


いっさいの隠し立てをする気はなかったのだろう、佐久路に問われるままに、伊都は――いや君代は、躊躇《ため ら》う様子を見せず、定子と出逢い、互いの名を入れ替えた経緯を語った。

問われれば語るが、逆に云えば問われるまで語らない。それが彼女なりの信念、あるいは定子に対する仁義の通し方であったのだろうかと、話を聞きながら、こよりはぼんやりと考えた。揚羽蝶はすでに、どこかに行ってしまっていた。

「じつは――」君代は珍しく、問われるでなく自ら口を開いた。「彼女から手紙を受け取っていたのです」

「手紙――。それは定子さんが失踪したときに、ということだね」

「はい。簡単な内容でしたけど」

中身は、昔の自分を知る、逢いたくない男に見つかってしまったので東京を離れる、というものだった。さらに、君代への感謝の言葉とともに、名前の入れ替えはご破算にしようとも綴《つづ》られていた。貴女が望むならこれからも竹岡定子という名を使ってもいいけれど、たぶんいいことはないだろうからやめておいたほうがいい、と。

「最初から最後まで、本当に勝手な女だなって思いました。なにかしら悪事をやらかして、逃げて東京に来たのだろうとは勘づいていましたから、腹を立てる気にもなりませんでしたけれど」

そう云った君代の言葉は、むしろ楽しげですらあった。

「黙っていたのは、お互いさまでしたから。いえ、むしろわたしのほうがひどい。彼女は窃盗《せっとう》と、せいぜい傷害ですよね。わたしは、殺人ですから」

彼女の突然の告白に、佐久路とことよりはしばし固まった。

「しかも、育ての母親を殺害したんです。殺したことに、いささかの後悔もありません。軽蔑、しますか」

見つめられた佐久路は、微動だにせず、静かに彼女の視線を受け止めた。

「表面的な事象だけで他人を批判するつもりはない。事情があれば殺人が許されるかどうかを判断するつもりもない。それは裁判官の仕事だ」

「優しいようで、突き放した云い方ですね」

「同情が必要なのか」

「いいえ。ただ、話を聞いてもらえますか。警察に行く前の予行として」

「それなら俺の得意とするところだ。好きなだけ語るといい」

ありがとうございます、と云って、君代は、ふっ、と笑みをこぼした。夏なのに、ぞくりとした冷気を感じるほどの、悲しげな笑みだった。

「ずっと、ずっと母のことを恨んでいたんですよ」

静岡県の海沿いにある、萎《しな》びた漁師町に生まれた。物心ついたときから父親はおらず、産みの親も六つのときに死んでしまった。そうして実母の知り合いでもあった女性に育てられることになった。状況は理解しつつも、君代は彼女のことを母親だと思っていたし、彼女も君代のことを娘だと呼んでいた。

その家では男が一、二年ごとに入れ替わりながら出入りし、やがて君代が長じるとともに、彼女自身が男たちの性的な慰み者になるように変化していった。家を出て東京に行くことだけが、君代の希望になった。

十五のときに家を飛び出したけれど、東京には行き着けなかった。宿場町にある旅館で下働きをして、ときおり客を取らされた。十九でそこも逃げ出し、ようやく東京にやってきた。カフェーに働き口を見つけて、なんとか平穏な生活を手に入れたところ、どこでどうやって聞きつけたのか田舎から母親が訪ねてきた。

「数年ぶりに会った母は、二十は老けたように見えました。まだ四十の半ばなのに、六十を超えた老婆のようでした。恩のある育ての親を追い返すわけにもいかず、なによりあまりにも惨めで、いっしょに暮らすことになったんです」

母親からは、毎日恨み節を聞かされた。

――親を捨てて逃げて、自分だけ東京で豊かな生活をしようとした。

――育ててやった恩も忘れた薄情者。

――あたしの男をいつも誘惑していた淫売娘。

――今日は何人の客を取ったのか。

――娘が身体を売った金でおまんまを食うなんてほんと惨めだ。

君代に向けられる事実とは異なる誹謗《ひぼう》や怨嗟《えんさ》の言葉は、家にいるあいだ絶え間なく溢れ出た。明らかに心を病んでいたし、母親の吐き出す呪詛《じゅそ》は、君代の心を蝕んだ。

再び彼女を捨てて逃げなければ、こちらの頭がおかしくなってしまう。君代がそう決意を固めたとき、あの震災が起きた。

　百貨店にいて難を逃れた君代は、急いで住んでいた借家に戻った。一日中臥《ふ》せっていた母親の無事を——否、母親の死を確かめるためだった。家は崩壊していたが、瓦礫の下から弱々しい声が聞こえてきた。

「母親でした。ちょうど隙間に入り込んで、圧死を免れていたんです。そのとき感じた落胆は、言葉では巧く云い表せません。同時に、自分は悪魔になってしまったのだと思いました。

　瓦礫の下からは、早く助けろ淫売婦と、そこでも母は悪態をつきました。わたしは人目がないことを冷静に確認してから、硬い瓦礫を拾い、母親の頭を目がけて、思いきり投げつけたんです」

　殺人の状況を吐露するときも、君代の口調は感情の欠如した、淡々としたものだった。それがかえって恐ろしくもあり、彼女の背負った業の深さを感じさせた。

「当然のように、わたしの殺人が露見することはありませんでした。母親は倒壊した家屋の下敷きになって死んだ。それを疑う人間など、いるよしもありませんから」

　その後、避難先で定子と出逢い、名前を入れ替えることになった。

母親を殺したことに微塵の後悔もなかったし、罪悪感もなかった。ただ、殺人を犯した事実は、嫌悪感とも、穢《けが》れともつかない黒い澱《よど》みを心に植えつけた。定子の提案は、母親の呪縛を断ち切るきっかけになるかもしれないと、かすかに期待した。

それが、君代の事情だった。

話を聞きながら、こよりはただ息苦しさを感じていた。澱みに嵌《はま》った蝶が、必死に抜け出そうと藻掻く息苦しさ。

こんなことを考えるのは不謹慎かもしれないけれど、誰が彼女を責めることができるのだろう。

また、怪しさを感じていたはずの定子の提案に、どうして彼女は乗ったのか、少しばかり疑問も感じていたけれど、これで腑に落ちるところはあった。

「それで――」佐久路が問いかける。「母親の呪縛は、断ち切れたのかな」

「どうでしょうね」

君代はやわらかく微笑んだ。思いがけずに見せた表情らしい表情だったこともあるけれど、その美しさに、こよりは思わず眼を瞠《みは》った。

「この一年は、とても平穏でした。でも、今回の真相を見破られたら、警察に行こうと決めていました。だから、完全に逃れることはできなかったのでしょうね。それはきっと、監獄で罪を償っても同じなんだと思います」

君代はそこで、つと睫毛《まつげ》を伏せた。

「どれだけの期間、牢屋《ろうや》に入るかはわかりませんが――」愁いを帯びつつも、縋るような眼差しを見せる。「務めを終えたあと、新大陸、アメリカに行きたいと思っています」

「アメリカ……」

思いもかけない言葉に、ついつぶやきが漏れたことよりを見つめ、君代が微笑む。

「わたしみたいな女がアメリカに行きたいなんて、可笑しいですよね」

「い、いえ！　そんなわけではないですけど」

「わかっています。なにより、わたしがずっとそう思っていましたから。昔からずっと憧れてはいたんです。いまだ因習に囚われ、生まれや家や身分によって公然と差別されるこの小国を抜け出して、自由の国、アメリカに行きたいと。

けれど、自分が行けるわけがないと決めつけていました。その考えを変えてくれたきっかけは、定子です。彼女がずっとフランスに憧れていたって話を聞いて、わたしはずっとアメリカに憧れていたのだと、以前に話していました。そうしたら受け取った手紙の最後に、こう書かれていたんです。

あたしはもう東京にも疲れたし、フランスに行く気も失《う》せたけど、あんたはいつか必ずアメリカに行くんだって。あたしの夢もあんたに託したからって。お互いろくでもない人生だったけど、そうしたらあたしたちの勝ちなんだって。

　それを見て、思わず笑っちゃいました。本当に勝手な人だと思いました。でも、それを読んで、驚くほどに吹っ切れた思いがしました。定子に背中を押された気持ちがしました。だから、もう云い訳はしないと決めたんです。いつか必ずアメリカに行ってやると決めたんです」

「すごいです！」こよりは握りこぶしを固めた。「きっと行けますよ！　いえ、絶対行けますって」

　酌量の余地が多分にあるとはいえ、彼女の罪がどれほどのものになるかはわからない。けれどとにかく、彼女には前を向くための希望を抱いていてほしかった。

　興奮するこよりをよそに、「甘くはないぞ」と佐久路の冷静な声が降りかかった。

「夢と希望を持って新大陸に出稼ぎなり移住なりした人々も、大半は搾取され、奴《ど》隷《れい》のように扱き使われただけだ。成功した人間などひと握りもいない。金持ちの息子の遊学か、大きな会社に勤め、仕事で行った人間以外は惨めなものだぞ。それにアメリカでも移民は、特に日本人は、ジャップと呼ばれて差別される。それが現実だ」

なにもそんなきついことを云わなくても、とこよりは思ったが、当の君代はまるで怯《ひる》むことなく、笑みさえ浮かべていた。

「わかっています。覚悟はしているつもりです。それでも、この眼で、新大陸を見てみたいんです」

君代の双眸《そうぼう》が潤み、声がわずかに震える。

「それさえ果たせれば、こんな自分にも、生まれてきた意味があるんじゃないかと、思える気がするんです」

それでも彼女は涙を見せなかった。

むしろとこよりのほうが目頭が熱くなり、涙がこぼれそうになった。強い人だと、思った。

佐久路は温かい笑みで応じる。

「それならなにも云うまい。応援するさ。いつでもこの店を訪ねてくれ。いくらでも力になる」

「ありがとうございます。ただし、訪れるのは少し先のことになると思いますが」

「それまで店が潰れんようにがんばらんとな」

嬉しげに云うと、「あと、これを渡しておこう」と振り向き、書棚から一冊の本を取り出した。

「永井荷風先生の『あめりか物語』だ。少しばかり昔ではあるが、幻想や脚色のない、生のアメリカと、そこに生きる人々が描かれている。参考になるだろう。もう、読んでいるかもしれんが」

「いえ、ありがとうございます」

君代は両手で恭しく本を受け取った。とても清々しい表情をしていた。今日、この店に来たときの彼女と、いまの彼女は、まるで別人のように思えた。


そのあと佐久路は念のためと云って、妹であるさくらの人相書きを君代に見せた。この女性に見覚えはないかと。

見るなり、君代は「あっ」と小さく叫んだ。記憶を絞り出すように告げる。

「すでに辞めていますが、以前ジャガーでいっしょだった……」

瞬時に、九原米が遭遇したユキという女給のことがこよりの脳裏をよぎった。それは佐久路も同様だったはずだ。落ち着いた口調ながらも、かすかに興奮を滲ませて彼は尋ねた。

「女給仲間に、似た人がいたのかな」

「はい、似て、いますね。たしかにこんな感じの顔つきでした」

「名前は」

「ユキ、さんです」

　こよりは息を呑んだ。この人相書きにそっくりで、女給で、名前はユキ。そうなれば九原米の告げた女給と、同一人物だと考えて間違いないはずだ。問題は、彼女が果たして震災で行方不明になった根来さくら、その人なのか。

「その、ユキさんのことを、できるだけ詳しく教えてくれるか」

　それでも佐久路の声音は冷静だった。

「とはいえ、わたしもそれほど親しくしていたわけではないので。そういえばいちど、お姉さんにお会いしました。とてもよく似た、きれいな人でした」

　お姉さん……？　佐久路とさくらは二人きりの兄妹だと云っていたはずだ。と、いうことは。

　やはり、それなりに興奮は覚えていたのだろう。佐久路の身体から、眼の色から、明らかに力が抜けていくのが見て取れた。

　君代の語ったところによると、ユキは本名を幸子《ゆきこ》といい、家具の金具などをつくる職人の娘で、身許もはっきりしていたようだ。これで女給ユキが、さくらである可能性は完全になくなった。予想どおりと云うべきか、ただの他人の空似だった。

「そうか。ありがとう」

優しくそう答えた佐久路の声は、落胆したようにも、安堵したようにも聞こえた。

丁寧すぎるほどに深々と頭を下げ、谷田部君代は帰っていった。

「さて、永井先生には、どう報告するべきかな」

そう首を捻りながら、佐久路も奥の部屋へと戻っていった。

こよりはまた、店でひとりになった。帳簿の整理はまだ終わっていないけれど、すぐには取りかかれそうにない。今し方聞いた話が、いろんな思いが、頭の中でぐるぐると廻っていた。

陽射しが照りつけ、白く輝く店の前の小路を見つめながら、ぼんやりと考える。

思えば、昨年の九月一日に起きた関東大震災から、一年が経つ。いろんな人の人生が、震災を機に変わった。

佐久路は父の代からつづく店を失い、この辺鄙な場所へと移ってきた。

さくらは行方知れずになり、佐良と久良は母親を失った。

君代は震災に紛れて育ての親を殺し、そして定子に出逢った。

自分は職を失い、巡り巡ってこの古書店へとやってきた。

きっと多くの人の人生が、大きく変わったはずだ。影響を受けなかった人などいないのだろう。そうしてばらばらだったはずの人生が、束《つか》の間《ま》、この場所で交わった。

それはとても不思議で、奇妙で、感慨深いものに思えた。

ここはたしかに特別な場所だと思える。佐久路と出逢い、いろんな人と触れ合い、謎と解決を目の当たりにした。さまざまな本を読むようにもなった。他人の心、見えている事象の裏側、物事の本質、そういったものを考えるようになり、世界がひろがった。

けれどいちばんの驚きは、自分は本が好きなのだと気づいたことだ。

ねんねこ書房で働くことができて、心からよかったと思う。

この場所で、いろんな人と触れ合っていきたい。

これからも、さまざまな本に出逢っていきたい。

君代が戻ってくるのを、この場所で待っていてあげたい。さくらの行方も気になる。母親代わりというのは無理だけれど、佐良と久良を見守っていてあげたい。そしてなにより、自分がどう成長するのか、楽しみでならない。

表口に、人影が差す。

こよりは思索を打ち切り、

「いらっしゃいませ！」

笑顔を弾けさせた。

《主要参考文献》

『東京古書組合五十年史』東京都古書籍商業協同組合　一九七四年
『紙魚の昔がたり　明治大正篇』反町茂雄編　八木書店　一九九〇年
『一古書肆の思い出1』反町茂雄著　平凡社ライブラリー　一九九八年
『神田神保町書肆街考』鹿島茂著　筑摩書房　二〇一七年
『摘録　断腸亭日乗〈上〉』永井荷風著／磯田光一編　岩波文庫　一九八七年
『明治探偵冒険小説集1　黒岩涙香集』黒岩涙香著　ちくま文庫　二〇〇五年

本作品は書き下ろしです。
扉カット　おとないちあき

実業之日本社文庫　好評既刊

伽古屋圭市
からくり探偵・百栗柿三郎
「よろず探偵承り」珍妙な看板を掲げる発明家・柿三郎が、不思議な発明品で事件を解明!? "大正モダン"な本格ミステリー。（解説・香山二三郎）
か４１

伽古屋圭市
からくり探偵・百栗柿三郎　櫻の中の記憶
大正時代を舞台に、発明家探偵が難〈怪〉事件に挑む。密室、暗号……本格ミステリーファン感嘆のシリーズ第２弾！（解説・千街晶之）
か４２

阿川大樹
終電の神様
通勤電車の緊急停止で、それぞれの場所へ向かう乗客の人生が動き出す――読めばあたたかな涙と希望が湧いてくる、感動のヒューマンミステリー。

あ１３１

佐藤青南
白バイガール
泣き虫でも負けない！　新米女性白バイ隊員が暴走事故の謎を追う、笑いと涙の警察青春ミステリー！　迫力満点の追走劇とライバルとの友情の行方は――？

さ４１

佐藤青南
白バイガール　幽霊ライダーを追え！
神出鬼没のライダーと、みなとみらいで起きた殺人事件。謎多きふたつの事件の接点は白バイ隊員――？　読めば胸が熱くなる、大好評青春お仕事ミステリー！

さ４２

佐藤青南
白バイガール　駅伝クライシス
白バイガールが先導する箱根駅伝の裏で、選手の妹が誘拐された!?　白熱の追走劇と胸熱の人間ドラマで一気読み間違いなしの大好評青春お仕事ミステリー。

さ４３

実業之日本社文庫　好評既刊

知念実希人
仮面病棟
拳銃で撃たれた女を連れて、ピエロ男が病院に籠城。怒濤のドンデン返しの連続。一気読み必至の医療サスペンス、文庫書き下ろし！（解説・法月綸太郎）
ち11

知念実希人
時限病棟
目覚めると、ベッドで点滴を受けていた。なぜこんな場所にいるのか？　ピエロからのミッション、ふたつの死の謎…。『仮面病棟』を凌ぐ衝撃、書き下ろし！

ち12

知念実希人
リアルフェイス
天才美容外科医・柊貴之。金さえ積めばどんな要望にも応える彼の元に、奇妙な依頼が舞い込む。さらに整形美女連続殺人事件の謎が…。予測不能サスペンス。

ち13

新津きよみ
夫以外
亡夫の甥に心ときめく未亡人。趣味の男友達が原因で離婚されたシングルマザー。大人世代の女が過ごす日常に、あざやかな逆転が生じるミステリー全6編。

に51

西澤保彦
腕貫探偵
いまどき〝腕貫〟着用の冴えない市役所職員が、舞い込む事件の謎を次々に解明する痛快ミステリー。安楽椅子探偵に新ヒーロー誕生！（解説・間室道子）
に21

貫井徳郎
微笑む人
エリート銀行員が妻子を殺害。事件の真実を小説家が追うが……。理解できない犯罪の怖さを描く、ミステリーの常識を超えた衝撃作。（解説・末國善己）
ぬ11

実業之日本社文庫　好評既刊

東川篤哉
放課後はミステリーとともに
鯉ケ窪学園の放課後は謎の事件でいっぱい。探偵部副部長・霧ケ峰涼のギャグは冴えるが推理は五里霧中。果たして謎を解くのは誰？（解説・三島政幸）
ひ41

東野圭吾
白銀ジャック
ゲレンデの下に爆弾が埋まっている――圧倒的な疾走感で読者を翻弄する、痛快サスペンス！　発売直後に100万部突破の、いきなり文庫化作品。
ひ11

東野圭吾
疾風ロンド
生物兵器を雪山に埋めた犯人からの手がかりは、スキー場らしき場所で撮られたテディベアの写真のみ。ラスト1頁まで気が抜けない娯楽快作、文庫書き下ろし！
ひ12

東野圭吾
雪煙チェイス
殺人の容疑をかけられた青年が、アリバイを証明できる唯一の人物――謎の美人スノーボーダーを追う。どんでん返し連続の痛快ノンストップ・ミステリー！
ひ13

東山彰良
ファミリー・レストラン
一度入ったら二度と出られない……瀟洒なレストランで殺人ゲームが始まる!?　鬼才が贈る驚愕度三ツ星のホラーサスペンス！（解説・池上冬樹）
ひ61

木宮条太郎
水族館ガール
かわいい！だけじゃ働けない――新米イルカ飼育員の成長と淡い恋模様をコミカルに描くお仕事青春小説。水族館の舞台裏がわかる！（解説・大矢博子）
も41

実業之日本社文庫 か43

ねんねこ書房《しょぼう》謎《なぞ》解《と》き帖《ちょう》　文豪《ぶんごう》の尋《たず》ね人《びと》

2018年8月15日　初版第1刷発行

著　者　伽古屋圭市《かこやけいいち》

発行者　岩野裕一
発行所　株式会社実業之日本社
〒153-0044　東京都目黒区大橋1-5-1
クロスエアタワー8階
電話［編集］03(6809)0473［販売］03(6809)0495
ホームページ　http://www.j-n.co.jp/
DTP　ラッシュ
印刷所　大日本印刷株式会社
製本所　大日本印刷株式会社

フォーマットデザイン　鈴木正道（Suzuki Design）

ISBN978-4-408-55427-3（第二文芸）